dtv

Protektorat Böhmen und Mähren 1942/43. Eine junge Ärztin an einem Krankenhaus in Brünn gerät durch ihre Kurierdienste für eine Widerstandsgruppe in Lebensgefahr und muß sich von einer Stunde zur nächsten eine neue Identität zulegen. Sie flieht in ein abgelegenes Bergdorf und heiratet – aber nicht den Mann ihrer Träume ... »Eine Hymne an die Liebe zum Leben. Ein wunderbar poetisches Buch voller Lebensweisheit.« (Ariane Wälzer im Norddeutschen Rundfunk)

Květa Legátová (1919–2012) ist das Pseudonym einer tschechischen Autorin, die als politisch unzuverlässig galt und deshalb nach dem Studium der tschechischen und deutschen Sprache, der Physik und Mathematik als Lehrerin von einer Dorfschule zur anderen versetzt wurde. Aus den Bergregionen in der Nähe der slowakischen Grenze schöpfte sie die Themen für ihre balladenhaften, naturalistischen Geschichten, für die sie 2002 den tschechischen Staatspreis für Literatur erhielt. Die vorliegende Novelle wurde 2003 unter dem Titel ›Želary‹ verfilmt.

Květa Legátová

Der Mann aus Želary

Novelle

Aus dem Tschechischen von
Sophia Marzolff

Deutscher Taschenbuch Verlag

Von Květa Legátová
ist im Deutschen Taschenbuch Verlag erschienen:
Die Leute von Želary (21275)

**Ausführliche Informationen über
unsere Autoren und Bücher
finden Sie auf unserer Website
www.dtv.de**

MIX
Papier aus verantwortungsvollen Quellen
FSC® C019821

Ungekürzte Ausgabe 2008
6. Auflage 2014
Deutscher Taschenbuch Verlag GmbH & Co. KG,
München

Titel der tschechischen Originalausgabe:
›Jozova Hanule‹ (Paseka, Prag/Litomyšl 2002)

Umschlagkonzept: Balk & Brumshagen
Umschlaggestaltung: Stephanie Weischer unter Verwendung
einer Fotografie von VISUM/Markus Heimbach
Satz: Greiner & Reichel, Köln
Druck und Bindung: Druckerei C.H.Beck, Nördlingen
Gedruckt auf säurefreiem, chlorfrei gebleichtem Papier
Printed in Germany · ISBN 978-3-423-21045-4

I

Ich hatte alles im Kopf. Das dreistöckige Mietshaus mit den beiden Eingängen von zwei verschiedenen Straßen aus, ein Eckgebäude. Von der einen Seite würde ich mit Baskenmütze hineingehen, auf der anderen mit Kopftuch hinaus. Dritter Stock, die Tür gegenüber der Treppe. Zwei Namen: Aleš Dobřanský, Emilie Fojtková. Dreimal klingeln. Von innen würde ein Staubsauger zu hören sein. Ich würde den Umschlag aus meiner Tasche nehmen und ihn unter der Tür hindurchschieben. Ihn erst loslassen, wenn ich ein zweimaliges Rucken spürte. Fünfzehn Sekunden.

Dann würde ich über das andere Treppenhaus hinuntergehen, in der Tasche nichts als ein paar Hörnchen und die letzte Fettzuteilung – Margarine.

Falls Schwierigkeiten aufträten, müßte ich den Umschlag verschwinden lassen.

Doch es würde keine Schwierigkeiten geben. Es hatte nie welche gegeben.

Ein aufregendes Spiel, in dem ich mich gefahrlos auf sicherer Bahn bewegte.

Ich mußte mich nicht einmal auf meine Aufgabe konzentrieren. Sie war mir in Fleisch und Blut übergegangen.

Auf meinen Armen fühlte ich die kalten Tröpfchen des Nieselregens. Aber den Pullover, den ich zusammengerollt in der Tasche trug, würde ich erst danach anziehen.

Hätte ich einen Spiegel vor mir gehabt, hätte ich mich

bestimmt lächeln sehen. Ich dachte an Richards Miene in dem Moment, als er mir den Umschlag gegeben hatte. In seinen Augen stand Furcht. Zum ersten Mal. Gott beschütze dich, hatte er gesagt. Mehr als die gebetähnlichen Worte berührte mich der Gedanke an das, was uns voneinander trennte. Richard gehörte der Böhmischen Brüdergemeinde an.

Ich glaubte an nichts.

Ich ging ruhig, ohne einen Funken von Furcht oder irgendeine Vorahnung, obwohl ich von Natur aus ein Angsthase war und leicht in Panik geriet. Zum Glück gingen diese Anfälle immer schnell vorüber. Bei meinem Examen hatten sich diese anfängliche Blockade, der beschleunigte Puls und die verschwitzten Hände allerdings als vorteilhaft erwiesen. Richard reagierte großzügig und verständnisvoll und ließ mir Zeit, mich innerlich aufzurichten. Keinmal stellte er mich durch seine Aufmunterung bloß.

Vielleicht überzeugte ihn meine Gründlichkeit. Jedenfalls hatte er früh entdeckt, was in mir steckt.

Schon im dritten Semester bot er mir eine Stelle als Assistentin an, und wir trafen uns immer häufiger. Ehe es mir bewußt wurde, war es um mich geschehen.

Ich hab Sie viel lieber, als ich darf, Mädchen.

Das katapultierte mich auf den höchsten Gipfel der Welt, bis ich vor Sauerstoffmangel fast keine Luft mehr bekam.

Der Mann einer anderen Frau, Vater zweier Söhne. Dieses Wissen sollte mich wieder auf den Boden der Tatsachen bringen, tat es aber nicht. Ich erkannte, wie wenig man über sich selbst entscheiden kann. Wie leicht ich mich damit abfand!

Von weitem schon sah ich mein heutiges Ziel, das dreistöckige Haus. An seiner Wand ein blutroter Fleck, ein Plakat mit den Namen Hingerichteter. Das Rot dieser Zeit. *Ihr habt die Völker die Sprache des Pöbels zu sprechen gelehrt.* – Vladislav Vančura. Hingerichtet als »Geisel«.

Ich nahm den breiten Eingang von der Straße her, auf der die Brünner Tram fuhr. Ich ließ die Einkaufstasche schwingen, ein Hörnchen lugte aus ihr heraus.

Unangenehm flackerte Sláveks Routineabfragung in meinem Kopf auf. Als ich alles heruntergebetet hatte, erinnerte er mich: die Ausflucht. Die Otychs im Souterrain, leierte ich gereizt, ich bringe ihnen die Einkäufe, bin ihre Nichte.

Was hast du, Slávek?

Nichts.

Er entwickelte sich zu einem trockenen Pedanten.

Ich öffnete die Tür und trat in den Hausflur.

Noch bevor ich ihn sah, hörte ich seine Schritte. Er kam die Treppe herunter auf mich zu.

Ich hatte ihn nie gesehen, und doch wußte ich, wer er war.

Die Luft um mich herum wurde knapp. Panik. Sollte ich abhauen? Das käme einem Geständnis gleich. Ich versuchte, den verrückten Gedanken zu verdrängen, er würde mich nicht verfolgen oder nicht einholen können. Der Henkel der Tasche klebte in meiner Hand. Vielleicht brachte mich gerade das zur Besinnung. Ich bringe Einkäufe, habe hier zu tun, ich gehöre zu den Mietern. Ich wollte die Tasche unbekümmert schlenkern, doch mein starrer Arm verweigerte den Gehorsam.

Meine Beine hingegen waren bereit. Nur drei Stufen wären es hinunter zur Tür mit dem Guckfenster, die schon einen Spalt offen stand.

»Guten Tag«, grüßte er auf deutsch.

Kam es mir nur so vor, oder hatte er wirklich einen gleichgültigen Gesichtsausdruck?

»Guten Tag.«

Ich brachte es tadellos heraus.

Was würde er tun, wenn ich nun vortäuschte, eine Wohnungstür aufzuschließen?

Ich fühlte seinen Blick im Rücken. Wartete er?

Der Schweiß brach mir aus allen Poren. Ein Skalpell. Warum hatte ich kein Skalpell mitgenommen? Ein weiterer verrückter Gedanke.

Sorgfältig zählte ich die Sekunden, denn in dem Bereich des Irrationalen, in dem ich mich befand, war das aus irgendeinem Grunde wichtig.

Hätte ich zwischen dem sofortigen Tod und dem Blick nach hinten wählen können, ich hätte den Tod gewählt.

Ich konnte nichts mehr erkennen, meine Augen waren schweißüberströmt. Doch ich bohrte meine Finger in einen rettenden Spalt und stellte fest, daß er real war.

Der Schweiß floß mir übers Gesicht, mein Mund öffnete sich von selbst.

Der Mann hinter mir stampfte weiter. Seine langsamen Schritte wälzten sich über mein Hirn wie eine Lokomotive.

Ich trat in eine geräumige, mit Teppich belegte Diele und ließ die Tür hinter mir zuschnappen. Mit feuchtem, eiskaltem Rücken lehnte ich mich an den Türstock. Mir gegenüber standen zwei alte Leute und luden mich mit einer Kopfbewegung ins offene Zimmer ein.

»Was ist da los?« fragte ich in dem Augenblick, in dem meine Stimme wieder funktionierte.

»Heute morgen haben sie Doktor Dobřanský und Frau Fojtková abgeholt. Seitdem schnüffeln sie hier herum.«

»Durchsuchen sie die Wohnungen?«

»Bis jetzt nicht.« Beide lächelten mir gleichzeitig zu.

»Haben Sie beide mich kommen sehen?«

»Ja.«

In meinem Magen drehte es sich.

»Setzen Sie sich«, boten sie mir zweistimmig an.

Ich setzte mich in den Sessel neben einem Arbeitstisch.

»Sie müssen hierbleiben, bis die weg sind«, sagte die alte Frau zu mir, bevor ich den Satz zusammenstammeln konnte, mit dem ich sie darum bitten wollte. »Möchten Sie Tee mit uns trinken?«

»Gerne.«

Ein wenig entspannte ich mich. Keine der Fragen, die mir durch den Kopf schwirrten, mußte ich aussprechen. Auf beiden Seiten war schon alles gesagt worden.

Der alte Herr suchte im Radio nach Musik. Von dem Orchester nahm ich nur das Geigensolo wahr. Ich war froh zu sitzen, da mir die Beine zu zittern begannen.

»Soll ich auf etwas Fröhlicheres umstellen?« fragte mein Gastgeber freundlich zuvorkommend.

»Nein, nein!« rief ich, als hätte er mir gedroht.

Er bemerkte, daß ich steif auf dem Sesselrand saß, und reichte mir ein kleines Kissen. »Stecken Sie sich das in den Rücken.«

Er sprach mit einer tiefen, sanften Richard-Stimme. Mein Herz krampfte sich zusammen. Vermutlich war mir jede Farbe aus dem Gesicht gewichen, doch der alte Herr sah woandershin oder besser nirgendwohin, fortgetragen von dem Gemisch aus Tönen, die gedämpft erklangen, in meinen Ohren jedoch dröhnten.

Die Frau kam ganz leise angeschlichen. Mit der einen Hand drückte sie ein Tablett an ihre Brust, mit der anderen stellte sie altertümliche Porzellantassen vor uns hin. Sie goß sie bis etwa einen halben Fingerbreit unter dem Rand voll. Das Tablett mit der Kanne stellte sie anschließend auf der Platte des Sekretärs ab.

In meiner Anspannung registrierte ich jede Kleinigkeit, so als würde ich durch die geringste Unaufmerksamkeit etwas unwiederbringlich zerstören.

»Bedienen Sie sich.« Die Frau hatte eine sehr junge Stimme.

»Könnte ich mir bitte die Hände waschen?« Eine mechanische Frage, Berufsroutine. Erst als ich sie ausgesprochen hatte, machte ich mir ihren tieferen Sinn bewußt.

»Aber natürlich«, stimmte sie schuldbewußt zu. Sie führte mich in die Diele und zeigte mir eine Tür. Es überraschte sie offensichtlich nicht, daß ich die Tasche mitnahm. »Daneben ist die Toilette.«

Ich wusch mir die schmutzigen Hände und kam dann meinem Unterbewußtsein nach. Ich riß den Umschlag und seinen Inhalt in kleine Stückchen und spülte sie die Toilette hinunter. Bevor ich zurückging, wusch ich mir automatisch noch einmal die Hände.

Nun konnte ich beruhigt die Dunkelheit abwarten.

»Die Jagdhunde sind weg«, sagte die alte Dame und trat vom Fenster zurück.

»Ich werde gleich gehen«, nickte ich.

»Nein, so habe ich es nicht gemeint, Sie sollten bei uns übernachten.«

Ich schüttelte den Kopf. Erst jetzt wurde mir bewußt, wie eilig ich es hatte, und fast hätte ich wieder zu zittern begonnen. Ich hatte aufgehört, an mich zu denken. Zum ersten Mal in der ganzen Zeit meiner seltsamen Tätigkeit hatte ich mich wirklich in Gefahr gebracht. Ich zog mir den Pullover über, band das Kopftuch um, dankte und verabschiedete mich. Sie setzten voraus, daß ich wußte, was ich tat, und ließen mich gehen.

»Kadlouš wird Sie zur Straßenbahn begleiten.«

Kadlouš! Es war gleichgültig, welchen Ausgang wir nahmen. Wenn sie das Haus überwachten, dann von beiden Seiten. Sicher hatten sie keine Beschreibung von mir, vielleicht warteten sie auf einen Mann.

Die Häuserblöcke hoben sich schwarz vom Nachthimmel ab.

Aus der Dunkelheit ratterte uns ein monströser Schatten entgegen. Wir gaben uns wortlos die Hand. Nun würde ich an nichts anderes mehr denken können als an Richard.

Später wunderte ich mich, daß ich mir gemerkt hatte, was in dem kleinen Rahmen über dem Sekretär hing. Das Porträt einer hübschen jungen Frau. Etwa in meinem Alter.

Ich setzte mich auf die kalte Holzbank mit dem drängenden Gedanken: Ich muß ins Krankenhaus fahren.

Schnell. So schnell wie möglich.

Die Tram wackelte eifrig vor sich hin, doch mir schien es, als würden wir uns kaum von der Stelle bewegen. Etwas geschah mit der Zeit. Sie verging nicht. Sie zog sich lediglich, als wäre sie aus Gummi, und schnellte dann mit einemmal zusammen. Nicht nur die Zeit, auch der Raum verhielt sich sonderbar. Durch den Spalt, der sich vor uns auftat, würden wir nicht hindurchschlüpfen können.

Ich brauchte Luft. Ging auf die Plattform hinaus und saugte tief die bitter schmeckende Dunkelheit ein. Mir war, als leckte eine feuchte Zunge über meinen schweißnassen Rücken.

Der Schaffner klingelte wie ein Irrer an einer verlassenen, kaum zu sehenden Haltestelle. Mein einziger Mitreisender stieg aus.

O nein!

Aber ja. Alles hatte sich gegen mich verschworen.

Die Bahn fuhr ruckhaft an und brachte mich zum Straucheln. Dieser leeren Blechdose stand offenbar der Sinn nach dummen Späßen. Sie bummelte vor sich hin – während ich um mein Leben rannte.

Mit einem beklemmenden Schuldgefühl ging ich die Treppe hinauf.

Richard war nicht da, und die Enge in meinem Brustkorb nahm zu. Ich setzte mich in Richards Sessel und umklammerte die Armlehnen.

Es war immer so einfach gewesen. Einen Zettel in den richtigen Briefkasten werfen. Vor der richtigen Person eine verschlüsselte Botschaft vortragen. Einen Umschlag an die richtige Stelle legen. Mehr wurde nicht von mir verlangt.

Nie hatte ich mich vor einem Mißgeschick gefürchtet. Mir erschien es wie ein Kinderspiel. Die roten Zettel an den Mauern hatten damit nichts zu tun. Im Gegenteil. Je länger ich Aufträge erledigte, ohne zu wissen, was für welche, desto tiefer war ich davon überzeugt, daß ich eine Karte spielte, die immer aufging. Ich war Teil eines gut funktionierenden Mechanismus. Ich hatte sicher keine besondere Bedeutung, aber als Richards Verbindungsfrau … Wieder machte mein Herz einen Sprung. Ich würde ein Beruhigungsmittel nehmen.

Oder nein. Am besten würde es sein, nach meinem persönlichen Patienten Joza zu schauen. Mein erster großer Fall. Ich tüftelte schon den dritten Monat an ihm herum. Ich hatte seine Knochen in Ordnung gebracht, ihn zusammengenäht, ihm eigenmächtig die Nase gerichtet, ihm Blut gespendet.

Eigentlich hatte er bei uns nichts zu suchen. Ein Freund von Richard hatte ihn von irgendwo aus dem Grenzgebiet zur Slowakei als kuriosen Fall mitgebracht. Man kann sagen, in einem hoffnungslosen Zustand. Geschunden, zerschlagen, fast ohne Blut.

Richard war zu mir gekommen, als ich mich am Ende der Nachtschicht zum Weggehen fertigmachte.

»Wir haben hier einen Kerl, Eliška, für den wir alles Mögliche und Unmögliche tun müssen. Ein Studienkollege bittet mich darum.« Er sah mich an und wußte, daß ich nicht ablehnen würde. »Er braucht sofort Blut.«

Ich zog den Mantel wieder aus und hängte ihn an den Haken.

»Die Wehrmacht hat uns die Spender abgezogen«, fuhr er fort.

Das wußte ich natürlich.

»Was für eine Blutgruppe hat er?«

»Deine.«

Ich nickte. Richard umarmte mich und küßte mich auf die Stirn.

Als ich Joza dann zum ersten Mal begegnete, glaubte ich, den Glöckner von Notre-Dame vor mir zu sehen. Trotz der Schwere seiner Verletzungen blinzelten sich die Schwestern verstohlen kichernd zu. Das Gesicht des Patienten provozierte sie dazu. Eine unmenschliche, verzerrte Maske. Ich stauchte die Mädchen zusammen. Für diese Art von Komik hatte ich kein Verständnis.

Nach einer Woche war abzusehen, daß Josef Janda dem Tod von der Schippe gesprungen war, und Richard gab ihn persönlich in meine Obhut. Ich widmete mich ihm mit Begeisterung. Und der Einfaltspinsel aus den Bergen, der hier exotisch wirkte, verbarg nicht seine Freude, sobald er mich erblickte.

Die Schwestern stießen einander an, obwohl sie Joza inzwischen sehr gerne mochten. In dem Zimmer mit den fünf Männern stellte seines das problemlose Bett dar.

Sie profitierten davon im Hinblick auf den dementen Alten, der – meist mitten in der Nacht – um Hilfe rief, sich lautstark beklagte, man würde ihn mit Gewalt festhalten und ihm nicht erlauben, mit gebrochenen Beinen hinauszugehen und dem Schwein Fressen zu geben. Er rangelte mit dem Pfleger, der ihn zum Röntgen brachte, und rief nach der

Polizei. Joza, der einzige, der sich seine Suaden anhörte, wurde von den Schwestern als Paralysator genutzt, um nicht zu sagen mißbraucht. Er durchwachte den größten Teil der Nacht mit dem Alten, der ihn abwechselnd als Schwester oder Herr Vorsitzender ansprach.

In den zwei Monaten näherten Joza und ich uns ein wenig an. Ich hatte eine besondere Gabe an ihm entdeckt: Er konnte erzählen. Bald hatte ich die Landschaft, aus der er kam, genau vor mir. Die dichten, endlosen Wälder, die Felsen, die Hochplateaus, die Quellen, Wildbäche und Holzhütten. Durch das Tal rauschte ein Fluß, in dem sich der wechselhafte Himmel kräuselte. Das Bergdorf hieß Želary. Es war zu seiner Heimat geworden, war jedoch nicht sein Geburtsort. Er stammte aus der Ebene mit den Weizenfeldern, Weinbergen und reichen Gutshöfen. Dort hatte er seine Kindheit verbracht, die magische Zeit seines Lebens. Er erzählte, wie sie auf der Weide Maiskolben oder Kartoffeln gebacken hatten, wie sie Obst geerntet, dem Vieh Wasser gebracht, Garben gebunden, Rüben ausgehoben, die Ställe ausgemistet, Holz gehackt, Werkzeug repariert hatten. Die ihrer Natur nach prosaischen Begebenheiten waren in Jozas Schilderung unendlich poetisch.

Es erstaunte mich, was für ein tiefes Gefühl ihn an seine Mutter band, wie sie seine Tage zum Leuchten gebracht hatte.

Er verlor sie mit nicht ganz dreizehn. Mit fünfzehn Jahren kam er nach Želary, um beim dortigen Schmied in die Lehre zu gehen.

Ich sehnte mich danach, Želary kennenzulernen. Hoch über dem Canyon des Flusses die Zickzackpfade entlangzulaufen, im Moos einzusinken, Milchlinge zu sammeln, aus Waldquellen zu trinken, Felsgrotten zu erforschen, weidendes Vieh zu sehen, Pferdewagen und im Winter den engelhaft weißen Schnee.

In kurzer Zeit hatte ich die Quelle von Jozas suggestivem Erzählen ausgemacht. Es war seine Seele. Was er mir erzählte, waren Märchen. Das Verblüffende war, daß er sie tatsächlich erlebt hatte.

Es störte mich nicht, daß die Kollegen grinsten, wenn wir beide bei einer Tasse Tee an dem Tisch im Gang zusammensaßen. Ich konnte von der dichterischen Schönheit seiner einfachen, ungekünstelten Worte gar nicht genug bekommen.

Nur eine Geschichte war traurig. Die Geschichte von der Tochter des Schmieds, Madlenka, die kaum zwei Wochen nach Jozas Ankunft im Krankenhaus freiwillig ihr Leben beendet hatte. Die Nachricht war ihm von einer alten Frau überbracht worden, die ich nicht selbst gesehen hatte, die man mir aber wie eine Erscheinung aus vergangenen Jahrhunderten geschildert hatte. Was sie so sehr von der Gegenwart entfernte, konnten die anderen mir jedoch nicht erklären.

Sie hatte sich nur eine Stunde bei Joza aufgehalten. Während dieser Zeit sei das Zimmer, aus dem es sonst unaufhörlich lärmte, in eine Stille verfallen, in der als einziger Laut die klare und angeblich wunderbar melodische Stimme der Alten zu hören gewesen sei. Joza sprach sie mit Gevatterin an. Anscheinend hatte sie bei jedem einzelnen Mann haltgemacht und fachmännische Kommentare zu seiner Situation abgegeben. Sie nannte sie Bengel und verhielt sich so überzeugend, daß sie an einem geheimnisvollen Ritual teilzunehmen glaubten, an dessen Ende sie eine Weihe erwarteten.

Den Zustand allgemeiner Behexung erfaßte am besten der verwirrte Greis. Als sie wegging, rief er: »Adieu, Hochwürden!«

Am nächsten Tag vertraute mir eine der Schwestern an,

daß die alte Frau ihr für Joza einen wunderwirkenden Tee gegeben habe.

Zu meinem Erstaunen half er wirklich.

Ich forschte nach weiteren Einzelheiten, aber die Schwestern zuckten nur irgendwie eingeschüchtert mit den Schultern.

Ich begriff erst, als ich Lucka Vojničová später selbst gegenüberstand.

Joza hatte Tränen in den Augen, als er von Madlenka erzählte.

»War sie Ihre kleine Freundin?« fragte ich ihn.

»Nein, aber ich habe sie getragen.«

»Wohin haben Sie sie getragen?«

»Wenn es warm war, vors Haus, und dann abends nach oben ins Dachzimmer. Madlenka war gelähmt. Sie hat von morgens bis abends gestickt.«

Da wäre ich auch aus dem Fenster gesprungen, selbst wenn ich nicht gelähmt gewesen wäre.

Richard, immer taktvoll, lächelte, wenn er mich mit Joza sah, und manchmal neckte er mich. Radoslav Chládek, mein Kommilitone von der Universität, sagte zu mir: »Dieser Pflaumenaugust liebt dich.«

Das brachte mich auf.

»Ich bitte dich, Slávek!«

»Täusch dich nicht, Eliška, ich kenne diese Typen genau.« Die abweisende Strenge war ungewöhnlich bei ihm.

Ich hatte es allmählich satt. Vielleicht bist du einer von ihnen, fuhr ich ihn im Geiste an. Ich hatte Lust, mich zu streiten. Aber er hatte mir bereits den Rücken zugekehrt. Im Grunde hatte Slávek das Recht, mir alles Mögliche zu sagen. Seit unserer gemeinsamen Studienzeit war er mein bester Freund, was mehr ist als ein Bruder. Wir hatten zu zweit und mit einer fabelhaften Gruppe zusammen die Wälder bei Vranov und Horákov, bei Ochoz und Adamov durchwandert und auch die Bílovicer Hänge entlang der Svitava, die bei S. K. Neumann vorkamen. Wir liefen den ganzen Tag bergauf, bergab, selbst die Jungs waren erledigt, ich nie. Bewegung war für mich eine elementare Lebensform. Herz, Lunge, Beine besaß ich in Luxusausführung. Als ich für die Prüfungen lernte, jagte ich dabei immer um den Tisch herum.

Wir waren albern, erfanden verrückte Spiele, dachten uns einen Studentenulk nach dem anderen aus, wie sie damals in Mode waren, und es amüsierte uns, wenn uns Vorübergehende für Idioten hielten.

Wir krümmten uns grundlos vor Lachen.

Wir parodierten Operationsvorgänge.

Wir sangen am Lagerfeuer.

Richard sollte schon längst da sein.

Ich hörte Schritte und sprang auf.

»Slávek!«

2

»Du verschwindest sofort«, teilte mir Radoslav Chládek, mein bester Freund, mit. »Hier hast du Geld und Lebensmittelmarken, einen Ausweis und andere Papiere, auch einen Lebenslauf, den du auswendig lernst und vernichtest. Das hier ist der Fahrplan.«

»Du bist wohl verrückt, Slávek.«

»Nein. Dobřanský und Fojtková sind hinter Gittern, und es ist nicht sicher, was sie aus ihnen herauspressen.«

»Woher weißt du das?« wimmerte ich.

Er antwortete nicht.

»Sie kennen mich doch gar nicht. Sie haben mich nie gesehen.«

»Du fährst mit dem Krankenwagen, zusammen mit diesem Pflaumenaugust aus den sieben Bergen.«

»Der muß noch drei Tage hierbleiben.«

»Ich habe ihm gerade einen Entlassungsschein geschrieben.«

»Du?«

»Konzentrier dich. Ihr fahrt mit dem Krankenwagen. Der Fahrer wird euch in Křenovice absetzen.«

»Um Gottes willen! Was sollen wir in Křenovice?«

»Mensch, du kriegst mich noch rappelig!« Slávek sprach ein wunderbares mährisch-slowakisches Tschechisch, von Dialektismen durchsetzt. »Konzentrier dich. Hier darfst du nicht mehr auftauchen. Laß dir die Haare lang wachsen.«

»Slávek«, heulte ich, »du mußt mir erklären ...«

»Keine Angst, alles ist organisiert. Also!« Er faßte mich um die Schultern. Als er sah, in welchem Zustand ich war, wurde er zarter.

»Und Richard? Was ist mit Richard? Ich will mit Richard sprechen!«

Er änderte seinen Ton. »Du wirst mit niemandem sprechen, du packst deine Siebensachen und los.«

»Das will ich von Richard hören!«

»Also gut«, versetzte er wütend. »Richard ist emigriert.« Wieder legte er mir die Hände auf die Schultern. »Du wirst Zeit haben, darüber nachzudenken.«

Ich probierte ein Lachen. »Warum lügst du? Ist es heute etwa noch möglich zu emigrieren? Sag mir, was passiert ist. Ich muß es erfahren, und du weißt, daß ich es aushalte.«

»Richard ist emigriert.« Er hielt mich immer noch an den Schultern, wohl aus Angst, ich könnte zu Boden sinken.

»Sprich nicht mit mir wie mit einem Dummchen!«

»Erinnerst du dich an diesen Bonzen, den wir hier unlängst operiert haben? Reim es dir irgendwie zusammen. Und jetzt halt dich nicht auf.«

»Slávek?!!«

»Herrgott! Warum muß gerade ich dich jetzt daran erinnern, daß Richards Frau Österreicherin ist!«

»Das bedeutet, daß Richard auf und davon ist und uns im Stich gelassen hat, ja?! Willst du mir das suggerieren?!«

Meine Stimme war schrill. Ich hörte mein Blut branden.

»Ich weiß, was du fühlst, und ich respektiere es. Ich gebe dir ein paar ...«

»Nein!« Ich brachte die Wände zum Erzittern. »Mir ist nichts gesagt worden, als ihr diesen Zirkus vorbereitet habt! Warum durfte ich als einzige nicht wissen, was auf uns zukommt?!«

»Ruhig«, flüsterte er eindringlich, »niemand wußte es.«

»Aber ihr wart vorbereitet! Ich bin nicht vorbereitet! Ich nicht!«

»Schweig, Himmel!« schrie er mich an. Instinktiv sah er sich um.

»Und wohin fährst du?«

»Um mich kümmere dich nicht!« Wir sahen uns an, und ich begriff allmählich die Situation. Sie hatten nicht gewußt, wann der Käfig zufallen würde. Sonst hätten sie mich nicht zu Dobřanský und Fojtková geschickt. Der Fluchtweg war jedoch für alle Fälle perfekt für mich vorbereitet.

In kritischen Momenten besaß ich die Gabe der Hellsichtigkeit. Slávek, nicht Richard, war das Hirn der Aktion.

Am liebsten hätte ich mich in seine Arme gekauert und geheult. Er war der einzige, der mich stützen konnte. Jetzt, wo mich Urteilsvermögen, Kraft und Wille im Stich ließen – falls ich jemals etwas davon besessen hatte.

»Was muß ich tun?« fragte ich demütig.

»Dich einpacken«, sagte er freundlich. »Du fährst mit Joza in sein Kuhdorf, und dort heiratest du ihn.«

Er verriet mich im Augenblick höchster Ohnmacht.

»Heiraten?!« bellte ich. »Was redest du da?!«

»Unterwegs wird es dir einleuchten. Ich hoffe, du kommst nicht auf die Idee, irgendeine Karte oder Nachricht hierherzuschicken. Du bist mit Richard emigriert. Eure Beziehung ist zum Glück ein offenes Geheimnis … Das ist eine annehmbare Version für die Gestapo. Richard«, sein Gesichtsausdruck irritierte mich, »hat, wie du weißt, manchmal auch in Wien operiert …«

»Ich fahre nirgendwohin, Slávek.«

Es war, als hätte ich nichts gesagt.

»Ich fahre nirgendwohin, hörst du?! Ich habe beschlossen, hier zu bleiben.«

Als hätte ich nichts gesagt.

»Gibt es irgend etwas bei dir zu Hause?« fragte er. »Flugblätter, Bücher ...«

»Nein, nichts.« Dann fiel es mir ein. »Nur diese eine Broschüre – auf der Titelseite ist die Tschechoslowakei mit Dornenkrone. Maxa hat es gemacht.«

»Wo hast du sie?«

»Im Bücherregal zwischen Čapek und Březina. Ich fahre hin.«

»Du rührst dich nicht. Gib die Schlüssel her.«

»Sei nicht böse, Slávek«, sagte ich kleinlaut, »ich dachte, es könnte nichts passieren.«

»Ich auch.« Er lächelte. Ich wußte, was ihn dieses Lächeln kostete. »Gib die Schlüssel her.«

Ich gab ihm die Schlüssel, die ich wohl nie wieder brauchen würde.

»Slávek, bewahr irgendwo meine goldene Uhr auf. Du findest sie im Wäscheschrank unter den Handtüchern.«

Ich bat ihn mit der Stimme eines Sterbenden, dessen letzter Gedanke sich auf den Kleiderschrank der Urgroßmutter richtet.

»Gut.« Es war ihm anzusehen, was er von meinem Versteck hielt. »Ich werde sie Zorka geben.«

Zorka war seine Freundin.

Irgendwo schlug eine Uhr. Vielleicht nur in meiner Phantasie.

»Slávek.« Ich faßte ihn am Ärmel.

»Was ist?«

»Fahr du mit mir.«

Anstelle einer Antwort tippte er sich an die Stirn. »Nimm dich zusammen«, sagte er mit Überwindung. Sicher hatte er Lust, mir eine zu scheuern. »Nimm dir ein Beruhigungsmittel mit.« Er sah sich um. »Hier ist eine Netztasche, wahrscheinlich von Kosin. Stopf sie dir mit diesen Fetzen voll, die wir hier als Nachthemden ausgeben. Vergiß nicht Seife, Handtücher, ein Paar Überschuhe.« Er knüllte in die Tasche, was ihm unter die Finger kam. »Diesen Hinterwäldler hat dir Gott selbst geschickt. Hab keine Angst vor ihm. Er wird dich nicht im Stich lassen, und wenn es ihn das Leben kosten sollte.«

Ich war außer mir. »Hast du ihm etwa alles erzählt?«

»Ich habe auf ihn gesetzt.«

Sein Blick stützte mich so lange, bis ich mich zusammenraffte. Ich spürte eine aufgezogene Feder in meinem Körper. Innerhalb von zehn Minuten war ich fertig.

Joza wartete bereits. Er hatte Sláveks Überzieher an, Sláveks Schal um den Hals, in einer Hand Sláveks Aktentasche. Der andere Arm steckte bis zur Schulter in einem Verband.

»Was ist das?« entsetzte ich mich.

»Eine elastische Binde, darunter ein Kilo Watte. Es kann dir recht sein.« Sláveks Ruhe und Sicherheit waren jetzt auf mich übergegangen. Ich begann zu denken.

»Im Sekretär in der oberen Schublade liegen die Fotos von unseren Ausflügen, Slávek.« Er sah mich anerkennend an.

Der Krankenwagen war gekommen. Mir wurde stechend bewußt, wie eng das Band zwischen uns, wie teuer mir Slávek war. Bevor ich es ihm sagen konnte, machte der Wagen einen Ruck und fuhr los.

3

Von Křenovice aus ging unsere Reise in stinkenden Bummelzügen weiter nach Jozas Želary, das aufgehört hatte, paradiesisch zu sein. In den halbleeren, eiskalten Wagen legte mir Joza Sláveks Mantel um, weil ich außer dem Pullover nichts Warmes dabeihatte. In einer der Taschen ertastete ich zwei saubere Taschentücher, in der anderen ein Klappmesser.

Gedankenlos sah ich mir die Aktentasche durch. Herrenwäsche, Herrenschuhe, ein Herrenpyjama, ein Rasierer mit einem Satz Klingen, Taschentücher, Servietten (zugeschnittener Zellstoff), Medikamente. Zuoberst eine Thermosflasche mit Tee und ein Proviantpäckchen.

Mein Ausweis. Ich starrte auf meine eigene Fotografie. Mein Name war Hana Nováková.

Bis wir ankamen, mußte ich den Lebenslauf gelernt haben.

Der hin und her schlingernde Waggon schüttelte mir die Seele aus dem Leib. Lauter Kobolde trommelten mit kleinen Hämmerchen auf mich ein. Ich kauerte mich vor ihnen in Sláveks Mantel zusammen, doch sie waren zu raffiniert, versteckten sich unter dem Futter.

Ich verspürte einen tiefen Widerwillen gegen mich selbst.

Das tat mir gut.

Nur tiefer die Furchen der Räder und der schwarzen Mähne
Peitsche!
Ihr Unbezwungenen, ihr hundertfach Lebendigen!
Nehmt mir nicht meine Erniedrigung!

Sláveks Verse.

Nein!!

Die schrillenden Gleise kicherten.

Ihr Unverwundbaren, wiewohl euch die Adern bersten,

ihr vom Schicksal Verfluchten, die ihr gewagt habt…

Das war aus meinem Freund geworden.

Ein morbider Dichter.

Aber es war haarknapp gewesen.

Der österreichische Hanswurst sollte per Blick vernichtet werden. Wir standen auf dem Brünner Dominikanerplatz in der ersten Reihe, gleich hinter der polizeilichen Absperrung, wir hielten uns an den Händen, und als Hitler langsam an uns vorbeifuhr, war er für einige Sekunden dem Fokus eines tödlichen Hasses ausgesetzt.

Wir trafen ihn genau in die Augen.

Er sah uns an, unverwandt, wie es schien, doch ein Blick war es nicht. Auch keine Zielscheibe.

Das, was an uns vorbeifuhr, diese häßliche Type mit dem geistlosen Gesichtsausdruck, war weniger lebendig als ein Stein. Der Mensch, den wir erwartet hatten, war nicht erschienen.

Ich betrachtete ihn mit den Augen der Ärztin. Sein Arm war in der Ellbogenbeugung erstarrt – die hochgereckte Kralle hätte er nicht so reglos halten können.

Wir schüttelten uns wie Hunde im Regen.

Wenn ich Joza jetzt davon erzählen würde, würde er es verstehen?

Er saß mir gegenüber, Leere im Gesicht. Falls er schlief, dann mit offenen Augen.

»Du wirst Zeit haben, darüber nachzudenken«, hatte Slávek gesagt.

Zeit hatte ich.

Richard, dieser verräterische Schuft, hatte sich mir gegenüber nichts zuschulden kommen lassen. Er hatte die Hand ausgestreckt, und ich war in sie hineingefallen.

Wie viele wir wohl waren, zu denen er Mädchen sagte.

Der Mann einer anderen Frau, Vater zweier Söhne.

Er hatte eine ergebene Seele gesucht, die einen Auftrag genau erfüllt, und ich hatte den Wettbewerb gewonnen.

Mein zukünftiger Ehemann, ein halber Analphabet, mit dem ich nichts gemein hatte und der mich trotzdem sonstwohin fortbrachte, kam zu sich. In seinen grauen Augen lag eine dringende Mitteilung, die mir jedoch fremd und unverständlich war.

Ohne einsichtigen Grund, in freier Assoziation, tauchte vor mir ein anderes Gesicht auf – Přemysl Maxa. Zum letzten Mal hatte ich ihn hinter einem Fenster der Brünner Folterstätte gesehen, des früheren Hochschulwohnheims. Er drückte seinen verbundenen Kopf an die Scheibe und strich sich über das Gesicht zum Zeichen, daß er uns erkannt hatte und uns innig grüßte.

Die Leute gingen wie zufällig dort entlang, begegneten wie zufällig Bekannten und blieben wie zufällig auf ein paar Worte mit ihnen stehen. Mit der Welt hinter den Fenstern kommunizierten sie durch flüchtige Blicke.

Die Anreihung von Zufällen verlief reibungslos und scheinbar unbeachtet. Wer weiß, von wo aus sie uns fotografiert hatten und wann sie Gebrauch davon machen würden.

In dem Dorf, in dem er Lehrer gewesen war, hatte Maxa ein Ferienlager für Kinder eingerichtet, das unter der Schirmherrschaft der Kreisfürsorge für die tschechische Jugend stand. In meinem Urlaub arbeitete ich dort als Krankenpflegerin.

In einem Prachtbau am örtlichen Freibad übte zur gleichen Zeit die Hitlerjugend ihre militanten Spiele.

Unter der Nase der Heil rufenden Nazis wurden falsche

Ausweispapiere hergestellt, staatsfeindliche Publikationen gedruckt, verdächtige Gäste empfangen.

Bei seinen häufigen Besuchen in Brünn übernachtete Maxa bei Slávek. Abends gingen wir meistens ins Theater. Höger, Fabiánová, Gräfová, Urbánková, Kurandová, Deyl, Leraus, Skřivan …

»Erschrecken Sie nicht, Eliška, ich werde heulen«, sagte er mir vor einer Aufführung von Hilberts ›Die Faust‹.

Er weinte tatsächlich.

Nicht lange danach wurde er von der Gestapo gefaßt, und ein halbes Jahr lang prügelten sie keinen einzigen Namen aus ihm heraus. Er starb »an Schwindsucht«, wie die Todesanzeige verkündete, die mit Bedauern seiner Frau und seinen drei Kindern zugesandt wurde.

Ob Slávek die selbstmörderische Broschüre gefunden hatte?

4

Der Zug stampfte unter mir im Rhythmus hoher Stiefel.

Ein paar Monate überleben. Ich fürchtete mich zu denken: Jahre.

»Schau nicht nach oben, schau nach unten«, hatte meine Großmutter immer gesagt.

Ich schaute nach unten, und mir wurde schwindelig. Ich kämpfte mit dem Irrwisch aller Feiglinge, mit der Sehnsucht, mich durch Selbstmord zu retten.

Es gibt Grenzen des Erträglichen, Großmutter. Um jeden Preis überleben? Ein Lappen auf fremder Türschwelle werden?

Ich steuerte gerade unaufhaltsam darauf zu.

Verstohlen blickte ich auf Jozas Pratzen, die in seinem Schoß lagen. Ihnen würde ich ausgeliefert sein.

Ich konnte meinen Blick nicht von ihnen losreißen. Tief in meinem Innern fing ich an zu weinen. Ein lautloses Weinen, ganz wie früher. Ich hatte vermutlich den starren Ausdruck von damals im Gesicht, der alle aufgebracht hatte.

Sie hielten ihn für einen Ausdruck der Revolte.

Was würde der Mann mir gegenüber tun, wenn er wüßte, daß ich weine, und wenn er herausfand, weshalb?

Bei dem Gedanken stutzte ich. Weshalb eigentlich?

Ich blickte Joza rasch in die Augen. Er wich aus. Er hatte weder Lust noch den Mut, über Blicke zu kommunizieren.

Er legte sich seine Pranken auf die Knie.

Ich zwang mich, sie nicht anzusehen.

Ein paar Monate überleben. Hunderte Tage, Tausende von Stunden.

Von draußen zog kalter Wind durchs Fenster herein, doch mir klebte der Schweiß am Körper.

Ich spürte, daß es mir helfen würde, wenn ich Richards Namen aussprach.

»Richard«, stieß ich leise aus.

Der Mann, der mein Herr werden sollte, sah zu mir auf.

Er stellte jedoch keine Frage.

Die Stille spannte sich zwischen uns wie ein Seil, auf dem keiner von uns hinüberzugehen beabsichtigte.

Im Krankenhaus, als mein gehätschelter Patient, hatte er ungezwungen gesprochen. Wie sollte ich sein verstocktes Schweigen verstehen?

Etwas war morsch geworden zwischen uns.

Ich versuchte mich zu erinnern, was ich über das Leben auf dem Land wußte. Alles zusammengerechnet, hatte ich dort ein paar Wochen bei meiner Tante Řina verbracht.

Der Wald. Pilzesuchen, Erdbeeren- und Himbeerenpflükken.

Tante Řina am Herd oder im Stall.

Onkel Jakub mit seinen Freunden im Keller.

Einmal erlaubte er mir, mit auf den Hochsitz zu kommen, aber ich schlief dort ein. Als mich ein Knall weckte, fing ich an zu brüllen. Ich bekam ein paar Ohrfeigen, und ab ging es nach Hause. Er zog mich wütend an der Hand, ich stolperte gegen seine Beine, und so schleppte er mich anstelle eines geschossenen Rehs.

Mich wunderte nicht, daß Tante Řina ihn verließ. Sie suchte sich eine Stelle als Köchin in einer billigen Arbeiterküche. Alle Nachbarinnen beneideten sie, und alle verurteilten sie.

Ich bewunderte sie.

So in etwa sah ich es vor mir. Joza trank bestimmt. Kneipe und Kumpels. Für meinen Eheteil Küche und Stall.

Ich sah aus dem Fenster und dachte an Tante Řina. Ich besaß ihren Mut nicht, und ich konnte nicht kochen.

Bei Tante Řina hatte ich meine erste Operation durchgeführt.

Es ging um ein Huhn, das sich an der Kralle einen harten Grind zugezogen hatte. Es konnte nicht mehr auftreten.

Ich hatte es hochgehoben und die runde Schwiele betastet.

»Das sollte man ausschaben, Tante.«

Die Tante dachte eher an Hühnersuppe als an einen chirurgischen Eingriff, verstand jedoch, was mir so wichtig war.

Sie holte das Rasiermesser vom Onkel, Gaze, ein Gläschen Branntwein, Nadel und Faden.

Sie betäubte das Huhn unter ihrem Arm und brachte es mit sanftem Druck zur Ruhe, bis es sich nicht mehr bewegte.

Nun fiel mir die Last der Verantwortung zu. Mit einemmal war ich überzeugt, daß ich es nicht konnte.

»Du mußt vor nichts Angst haben«, sagte Tante Řina, weil sie Gedanken lesen konnte. Meine zumindest.

Ich atmete tief ein, streichelte das Gefieder, dann das dünne Knöchelchen des Füßchens.

Langsam, Schicht für Schicht, kämmte ich die verhornte Haut durch, grub ich einen Krater, bis es mir schien, daß ich lebendiges Gewebe erreicht hatte.

Nicht ein Tropfen Blut zeigte sich.

Ich begoß das fertige Werk mit dem Rest Schnaps, verstopfte die Wunde mit Mull und verband sie ordentlich.

Nähen mußte ich nicht.

Als das Huhn wieder zu sich kam, stellte es sich breitbeinig auf, besah sich den Verband, pickte nach ihm, schlug mit den Flügeln und lief davon.

»Tante!«

»Na siehst du, Eliška!«

Bis zum Abend war der Verband zerpickt, die Wunde mit Mist verstopft und die Henne geheilt.

Joza stierte mich an.

Noch gestern war er mir lieb gewesen, heute haßte ich ihn.

»Man weiß nicht, was man alles aushält«, meinte Großmutter immer.

Also, ich weiß es, Großmutter. Ich halte nichts aus.

Jeder ist der, als der er geboren wurde.

Großmutter war als Dörflerin geboren worden und nahm das Dorf mit sich in die Stadt.

Sie verblüffte mich mit einer ganzen Anzahl von schwer begreiflichen Tätigkeiten. Dazu gehörten das Ausklopfen der Wäsche im Bach, das Bügeln mit einer Holzwalze, das Wässern von Mohn, das Flachsrösten, Graupenauslesen und Trocknen von Ziegeln.

Ich blieb bis zum Ende der Schulzeit in dem kleinen Haus, das Großvater und sie sich mit eigenen Händen gebaut hatten. Auf einer alten Nähmaschine nähte sie mir das Abiturkleid – aus ihrer Trauerkleidung.

Der Waggon holperte vor sich hin, und irgendwo unter uns bebte die Erde vor Angst. Das unterirdische Gewitter quälte mich.

Die Panik, meine lebenslange Gefährtin, brachte mich fast dazu loszuschreien: Ich bin krank, Herr Janda! Ich bin im Kopf nicht ganz in Ordnung! Irgend etwas hat mich bis zum heutigen Tag über Wasser gehalten, aber damit ist es jetzt aus. Ich drehe mich um wie ein toter Fisch.

Ich biß mir auf die Lippen, und ein Tröpfchen Blut quoll hervor. Joza bemerkte es.

»Was haben Sie?«

Ein Antipode.

»Nichts. Der Zug rüttelt so furchtbar.« Ich leckte mir über die Lippen. Wegen der Miene, die er machte, brachte ich ein idiotisches Lächeln zustande.

Mein Herz fing an zu hämmern, und ich atmete wie ein Bergsteiger.

»Sie sollten ein bißchen schlafen.« Er zeigte auf die Ecke an der Tür. Ich verbarg mein Gesicht in Sláveks Mantel. So. Alles, was ich nicht mag, ist weg.

Wir sitzen an einem Sommernachmittag auf einem Hügel und plaudern. Die Erdkugel liegt uns zu Füßen.

Mit dem Hochmut der Ignoranten haben wir gerade Fragen gelöst, die so alt sind wie die Menschheit. Wir haben den Gipfel der Pyramide aus Fragezeichen erklommen, die über Jahrhunderte gleichzeitig mit der Erkenntnis angewachsen ist.

Den Sinn des Daseins haben wir mal eben großartig aus dem Ärmel geschüttelt: Wenn wir die Kausalität zu Ende denken, durchleben wir unsere eigene Vergangenheit.

Nie wieder würde ich eine so uferlose, so unverfrorene Freiheit empfinden.

Nie wieder?!

Mit Zorka zusammen erlebte ich den letzten Sokol-Kongreß. Treu werden wir bleiben. Wir wurden fast ohnmächtig vor Stolz.

Ein Grüppchen österreichischer Tschechen. Sie liefen schweigend unter einer Hakenkreuzfahne, die zu beiden Seiten von einem Polizistenkordon geschützt wurde. Das bislang unberührte, lachende Prag jubelte seinen zukünftigen Märtyrern zu.

Rote Fetzen mit schwarzen Buchstaben.

Ich lebte immerhin.

Allerdings wie ein Grasbüschel in einer Felsspalte. Auf die Gnade von Schnee, Sonne und Wasser angewiesen.

Joza reichte mir einen Apfel. Ich schüttelte den Kopf. Die Vorstellung, ich müßte meine Kiefer bewegen, war mir zuwider.

Ich hatte immer gedacht, daß ich die Einsamkeit liebte. Vor allem, weil ich sie so häufig entbehrte. Später deshalb, weil ich in ihr die Schatzkammer meiner Liebe öffnete.

Nun wußte ich endlich, was Einsamkeit bedeutet. Aus der Bahn geworfen zu sein. Sich im Kreise zu drehen.

Mit eisigen Fingern blätterte ich im Fahrplan. Einmal noch würden wir umsteigen. Wir fuhren fast den ganzen Tag.

Draußen war es längst dunkel geworden, ich sollte tatsächlich ein wenig schlafen. Eine Tablette würde ich aber nicht nehmen, bis zum Umsteigen waren es noch zwei Stunden, bis dahin würde ich nicht wieder wach werden.

Joza spähte herüber.

»Essen Sie alleine, Joza.«

»Ich hab auch keinen Hunger.«

Auf die Weise wollte er mir näherkommen, möglicherweise liebte er mich wirklich. Slávek täuschte sich selten. Was für einen Gehalt hatte die Liebe bei einem Menschen wie Joza?

Wenn nur die winzigen Hämmerchen nicht bis in den Schlaf hinein klopften! Ich entschloß mich, ein Belaspon zu nehmen, und bat Joza um ein wenig Tee. In dem schwankenden Wagen schüttete ich ihn mir über den Schoß.

Ganz unsinnigerweise bekam ich Sehnsucht nach Richard. Er war ein Verräter, aber die mit ihm verlebten Stunden waren schön gewesen. Er strotzte, ja quoll über von allem, was ich schätzte. Intelligenz, Bildung, Takt.

Die Liebe ist unser persönliches Problem, eine Trophäe oder Tragödie, und es kommt nicht darauf an, ob sie erwidert wird oder nicht. Ich nahm Richard immer weniger übel, was er getan hatte. Daß ich von ihm ein Wunder erwartet hatte, war mein logischer Fehler gewesen. In dem offenen Spiel hatte ich das gesamte Feld und die Stellung der Figuren vor Augen.

Eine ausgezeichnete Studentin, nett anzusehen, verantwortungsbewußt. Ein ideales Objekt. Vielleicht habe ich sie sogar ein bißchen geliebt, ich werde ein schlechtes Gewissen haben – irgendwann.

Es war so allgemeinmenschlich.

Anstelle von Richard saß mir gegenüber Joza, mit Nachnamen Janda, ein zusammengeflickter fremder Mann, beobachtete jede meiner Bewegungen und hatte etwas Verbohrtes im Blick.

Wir hatten uns nichts zu sagen.

Und ausgerechnet diesen Menschen mußte ich zu meiner eigenen Sicherheit um seine Hand bitten. Mir wurde ganz schwach.

»Joza«, sprach ich ihn kraftlos an, »Sie wissen, wie ich dran bin.«

»Ja.«

»Ich muß mich irgendwo verstecken.«

Er antwortete nicht. Er hatte keine Frage dahinter herausgehört. Natürlich kam er mir nicht entgegen, diesem Esel mußte man alles vorkauen.

»Würden Sie mich heiraten?«

Ich hatte es hinter mir. Wenn er ablehnte, saß ich in der Patsche, würde jedoch Erleichterung empfinden. Sicher hatte er sich schon in seinem Dorf ein Luder ausgeguckt.

Es war deutlich, daß er mit dieser Möglichkeit entweder überhaupt nicht gerechnet hatte oder daß es zu schnell gewesen war. Ich schaute den lange nicht geschorenen Bewuchs auf seinem Kopf an und glaubte eine unerhörte Erscheinung vor mir zu haben: zu Berge stehendes Haar.

»Ja.«

Ich schluckte.

Es entstand eine Pause, und ich bemühte mich aus meiner Fassungslosigkeit herauszufinden, denn Joza hatte ruhig und ohne zu zögern geantwortet.

Die Pause dauerte an.

»Sie müssen vergessen, wer ich bin«, begann ich hastig. »Ich heiße Hana Nováková … Hat Doktor Chládek es Ihnen schon gesagt?«

»Hat er.« Wieder so ruhig, doch seine Miene stand im Widerspruch zum Ton seiner Stimme. Er sah aus wie ein Mensch, der im Wachzustand, bei vollem Bewußtsein, in einem Traum hängengeblieben ist.

Weiter gab es nichts zu sagen, also schwiegen wir.

Dafür schrappten die Räder des Zuges unerträglich über die Schwellen. Es schien, als würden Jozas Gedanken von mir wegfliehen wie die Landschaft hinter dem Fenster. Seine unvermuteten praktischen Überlegungen schreckten mich auf.

»Ich habe nur eine kleine Kammer in der Schmiede. Dorthin kann ich Sie nicht mitnehmen. Sie werden einige Zeit in Šádova Hut' bei Marenas Irča bleiben müssen.«

Was ist Šádova Hut', wer ist Marenas Irča, geisterte es mir durch den Kopf, während er Atem holte. Seine offensichtliche Aufregung machte mich etwas ruhiger. Zwischen unseren beiden Nervenzuständen existierte ein umgekehrtes Verhältnis. Sein Adamsapfel hob und senkte sich, die Hürde war überwunden.

»Ich werde mich solange nach einem leeren Haus umgukken.«

»Gibt es bei Ihnen leere Häuser?«

»Ja, von denen, die gestorben sind. Ich werde mal schauen, wie es mit der Kate vom alten Mánek aussieht.«

Meine Finger waren zu Eis geworden. Die Erstarrung

setzte sich fort, auch meine Nasenspitze mußte weiß sein. Was geschah da mit mir? Ich atmete tief ein, brachte die stehengebliebenen Pumpen wieder in Gang.

»Wir werden uns duzen müssen, Joza. Am besten fangen wir gleich damit an.«

Ich gab ihm meine Hand, und das hätte ich nicht tun sollen. Er drückte sie und hielt sie fest.

»Sie sind ja ganz eisig.«

Er nahm sie in seine Obhut, um sie in seiner Pranke zu wärmen.

»Du bist ja ganz eisig, Hana«, verbesserte ich ihn. Ich preßte die Kiefer aufeinander, damit meine Zähne nicht zu klappern anfingen.

»Du bist ja ganz eisig, Hana«, wiederholte er gehorsam. »Wäre es nicht besser für Sie, wenn ich das Fenster schließe?«

»Nein, mir ist nicht kalt, das kommt von den Nerven.« Für mich fügte ich hinzu: Idiot!

Wäre Richard hier mit seiner Samtstimme, den blauen Augen, den schlanken Händen, wäre Richard hier, ich würde ihm auf der Stelle verzeihen, alles und noch mehr.

Jozas Pratze hielt mich fest, und ich hatte keine Chance, mich zu befreien. Eine neue Lebenssituation.

Auf einmal ließ er meine Hand los und wandte seinen Blick ab.

Mein Analytikerhirn reagierte mechanisch: Was wollte er vor mir verbergen?

In meinem Zustand hielt ich das Geholpere des Bummelzugs für gefährlich. Jeden Augenblick würden wir umkippen und den Abhang hinunter in den offenen Schlund einer Kluft stürzen. Wir würden die stachlige Wand hinunterkullern und in tausend Stücke zerschlagen in der Tiefe enden.

Im besten Fall.

Diese Aussicht befriedigte mich aus irgendeinem Grund.

»In einer halben Stunde sind wir im Städtchen«, informierte er mich.

Ich mußte mich konzentrieren. »In welchem Städtchen?«

»In Šádova Hut'.«

»Ach so.«

Ich erhob mich und ging auf die Toilette. Sie stank furchtbar, aber es war ein mir bekannter, vertrauter, sogar lieber Gestank. Sie stank nach Urin, Kot und Erbrochenem. Ich stand eine Weile an dem wie von Schimmel überzogenen Fensterchen. Dahinter huschten undeutliche Silhouetten vorbei. Ich zog den verschmutzten Rahmen herunter und verklebte mir die Finger mit einer feuchten Schmiere. Am Horizont ragte der Schlot einer Fabrik in die Höhe – mein Marterpfahl. Ich glotzte unsinnig lange. Als ich schließlich zurückkehrte, bemerkte ich, daß die Anspannung aus Jozas Gesicht gewichen war. Ich hielt ihm das Geld hin, das Slávek mir geschenkt hatte.

»Behalten Sie das Geld.« Die Verlegenheit raubte ihm die Stimme. »Sie werden es in Šádova Hut' ausgeben.«

»Kannst du mich nicht duzen?«

»Doch.« Er sog Luft ein. »Du wirst dort vielleicht einen Monat bleiben müssen, bis alles organisiert ist.«

Außer an die Hütte des alten Mánek dachte er sicherlich auch an unsere Hochzeit. Ich kicherte hysterisch, doch nur im stillen, für mich.

Bis zur Zielstation beschäftigte ich mich nur mit mir selbst. Wir sprachen erst wieder, als wir bei Marenas Irča ankamen.

5

Šádova Hut' war eine charakterlose kleine Stadt. Dafür beeindruckte mich Marenas Irča. Mit der Noblesse einer Schmierenkomödiantin fläzte sie sich in ihrer Spelunke – ein kleines Hotel, Café, Restaurant, im übrigen das luxuriöseste Etablissement am Platz – wie eine Wildsau in der Suhle.

Nie zuvor war ich Gegenstand geringschätziger Wohlgeneigtheit gewesen. Irča gewährte sie mir in hohem Maße. Sie ragte wie ein Obelisk über mir.

Ich musterte ihren Körper unter dem enganliegenden Kleid. Er war schlaff, mit Polstern von überschüssigem Fett umgeben. Ihr Gesicht verriet Schlafmangel, der Hals vorzeitiges Altern. Ein Opfer des »Wohlstands«.

Sie sah mich mit einem selbstsicheren Blick aus zusammengekniffenen, offenbar kurzsichtigen Augen an.

Fast jeder meiner Patienten, auch potentieller, erweckte Mitleid in mir, ob verdient oder nicht; mit allen Menschen, mit denen ich in Kontakt kam, fühlte ich mich über dünne Fäserchen verbunden.

So wie mich Irčas austrocknender Hals gefangennahm, auf dem sich schon ledrige Streifen zeigten, berührte mich etwas später das Zichorienrot auf den Wangen ihrer Fräulein und noch später die in Lösungsmittel schwimmenden Augen des Obers.

Nur Irčas schwachsinniger Mann ließ mich seiner Seelenruhe wegen unberührt.

Irča witterte etwas Fremdartiges in mir. Auf Jozas Bitte reagierte sie demonstrativ ausweichend. Sie zuckte mit den Schultern und machte ein Gesicht, als würde sie nachdenken.

»Ein geeignetes Zimmerchen gäbe es oben.«

Mit dem maliziösen Nachdruck auf dem Wort »geeignet« versuchte sie, mich zu demütigen. Aus irgendeinem Grund konnte sie nicht ablehnen, ihren Unwillen äußerte sie nur durch überflüssige Umschweife.

Joza trug mein spärliches Gepäck nach oben und verabschiedete sich.

In dem kleinen Zimmer mit der gesprungenen Fensterscheibe befanden sich ein wackeliges Eisenbett, eine von Mäusen angefressene Strohmatratze, keinerlei Bettbezüge, nur ein schmieriges Kissen und eine fleckige Decke. Auf einem Schemel eine angeschlagene Tonschüssel – das Waschbecken. Ein verstaubtes Regalbrett, ein Kleiderhaken – das war alles. In der Nacht erwartete mich ein weiteres Erlebnis, der Reigen der Mäuse, die im Unterschied zu mir hier zu Hause waren und sich nicht nur übers Bett, sondern auch über mein Gesicht hinweg jagten.

Am Morgen bat mich Irča, im Ausschank zu helfen. Ich nahm es mit Erleichterung auf. Als Gegenleistung bat ich mir eine zweite Decke und saubere Bezüge aus. Sie zeigte sich über meine Ansprüche erstaunt. Ich verstand sie erst, als ich mit dem Komfort der anderen Serviererinnen vertraut wurde.

Die Arbeit im Lokal nahm ich tatsächlich mit Freude an. Meine Absteige oben vernichtete mich. Hingegen befremdeten mich weder das Austragen der Tabletts noch der muffige Saal. Ich war an schlimmere Dinge gewöhnt.

Um ihr nötiges Vertrauen zu gewinnen, flüsterte ich Irča zu, ich hätte in der Bar eines Grandhotels gearbeitet. Sie registrierte es mit einem zufriedenen Schnalzen, und so hatte ich mich auf den Flügeln meiner Phantasie beinahe zu ihrem Niveau emporgeschwungen. Irrtümlicherweise glaubte ich es diesem Umstand zu verdanken, daß ich eine gewisse Ausnahmestellung innehatte. Der Ober Eda – er war mir gleich bei meiner Ankunft aufgefallen –, ein glatzköpfiger Junggeselle mit schwimmendem Blick und verwüstetem Gesicht, der »Geschäfte« für die Mädchen vereinbarte, beachtete mich gar nicht erst, obwohl die Gäste Interesse an einer näheren Begegnung bekundeten. Als sich einmal ein betrunkener Polizist an mich schmiegen wollte, griff Irča persönlich ein.

»Herr Leutnant, dieses Mädchen hier verheiratet sich nach Želary.«

Nach dieser Information wurde der Bursche beinahe nüchtern. Ich hatte keine Ahnung, worum es ging. Die alte Küchenhilfe Mája, die vierzig war und aussah wie siebzig, half mir auf die Sprünge. Sie erklärte mir, eine Braut aus Želary anzurühren bedeute, sich früher oder später eine blutige Fresse einzuhandeln.

Ich schloß, daß ich einen besonderen Schutz genoß, mein zukünftiges Zuhause erschien mir jedoch allmählich in einem merkwürdigen Licht.

Ich würde nach Sizilien heiraten.

Obendrein hatte Joza hier den Ruf eines wahren Muskelpakets. Von seiner Kraft wurde Sagenhaftes berichtet.

Kein Wunder, daß mich manche Gäste zu grüßen begannen.

Die Signale, die die Kolleginnen in meine Richtung aussendeten, zwar nur andeutungsweise, doch unmißverständlich, waren anderer Art. Auch das erklärte mir Mája bald. Ich würde den Dorftrottel von Želary heiraten.

Nach einer Entsetzenssekunde befiel mich Apathie. Ich hatte keine Wahl.

Die unsensible Mitteilung ließ sich jedoch nicht einfach

mit einem Schulterzucken abtun. Ich trug für alle sichtbar den Stempel meines Eigentümers.

Die kaum verhohlenen Bekundungen von Schadenfreude gewährten mir widersinnigerweise einen bitteren Trost. Joza selbst machte seinem Ruf alle Ehre. Er brachte mir ein Geschenk vorbei: ein Äffchen an einer Gummischnur. Die Attraktion der Kirchweih für die Kinder von Želary.

Ich versuchte, Einzelheiten über seinen Unfall herauszubekommen. Aber ich erfuhr nur, was ich schon wußte. Im Sägewerk war ein Holzstoß über ihm eingestürzt. An etwas anderes konnte sich niemand erinnern. Zwar war kurz darauf einer der Arbeiter entlassen worden, aber das geschah angeblich öfter mal bei den Säufern.

Nach einigen Tagen hatte ich den Eindruck, daß Irča mit mir Freundschaft schließen wollte. Sie lud mich in ihre Wohnung ein, vielleicht um mit ihrer Einrichtung zu protzen, und stellte mir ganz beiläufig ihren senilen Ehemann vor.

Ihr Monolog bei einer Tasse hervorragenden Kaffees mit Schlagsahne war eine Aneinanderreihung von Seufzern. Sie bot mir auch einen kleinen Imbiß an, einen gewöhnlich unerschwinglichen Schinken und Orangen.

»Weißt du, Hana«, sagte sie zu mir, »du hast dich in besseren Kreisen bewegt, du kannst verstehen, wie es mir hier geht. Manchmal könnte ich mich zu Tode grämen, daß ich niemanden hab, mit dem ich reden kann.« Sie goß Likör in zwei geschliffene Gläschen, ich nippte an meinem, sie trank ihren in einem Zug leer und goß sich nach. Nach einer halben Stunde schwankte sie in weinerlicher Betrunkenheit.

»Du hast meinen Mann gesehen, Hana, mehr muß ich dir nicht erzählen.« Sie begann mit einem Seufzer und endete mit einem Schlucksen. »Ich bin noch ganz gut in Schuß und um mich herum lauter Männer, die hier mit diesen Flittchen herumtun, manchmal denke ich, daß ich den Verstand verliere, denn ich, Hana, ich darf mir keine Blöße geben. Verstehst du? Mein Gott, was habe ich vom Leben?!« Sie trank einen Schluck. »Jedermann von dieser jämmerlichen Crème hier im Ort rümpft über mich die Nase, sogar die zahnlose alte Buchla von der Herren- und Damenschneiderei, als wär ich kein richtiger Mensch. Sag mir, Hanachen, bin ich ein Mensch oder nicht?«

Ich versicherte ihr, daß sie ein Mensch sei, und sie schneuzte sich erleichtert die Nase.

»Ich bin nämlich aus Želary, Hana. Da gehöre ich hin, und da hätte ich mich verheiraten sollen. Dann hat mir dieser schwerreiche Mistkerl hier gefallen. Er hat mich zwar nie verdroschen, doch auf sein Irča hier, Irča dort pfeife ich, eine Frau verträgt ein paar Ohrfeigen, aber von einem Mann, der es wert ist.« Sie knallte mit dem Kopf auf den Tisch und begann zu schnarchen.

Mit den schrecklichsten Vorstellungen schlich ich mich davon. Im Unterschied zu ihr gehörte ich ganz sicher nicht nach Želary.

6

Montags kam Joza mich besuchen, am Vormittag, wenn die Mädchen und Irča ausschliefen und der verwirrte Alte wie ein Geist durch die leeren Lokalräume irrte.

Die Spaziergänge durch den Ort langweilten mich. Joza bemerkte es und schlug vor, am Fluß entlang zu laufen. Kaum betraten wir Waldboden und stiegen die schmalen Pfade immer höher hinauf, fühlte ich mich an die Ufer der stillen Svitava erinnert. Es schnürte mir die Kehle zu. Ich sehnte mich danach, immer weiter und weiter zu gehen – und allem zu entfliehen.

Die Kulissen des satten Grüns, das Rieseln verborgener Wildbäche brachten mir kostbare Erinnerungen zurück.

Joza und ich gingen nebeneinander her, jeder durch seine eigene Landschaft. Beide empfanden wir das wöchentliche Treffen als bedrückende Verpflichtung.

Gelegentlich ließ einer von uns einen Satz fallen, an den sich nicht anknüpfen ließ, so daß wir die meiste Zeit meiner zwei freien Stunden hindurch schwiegen. Mir kam gar nicht in den Sinn, daß der Montag nicht auch Jozas freier Tag war und er den Zeitverlust aufarbeiten mußte.

Immer mehr nistete sich der Gedanke bei mir ein, für den Rest des Kriegs bei Irča zu bleiben. Šádova Hut' erschien mir ausreichend abgeschieden und sicher.

Doch ich traute mich nicht zu kämpfen. Ich war nicht Tante Řina.

Ich sauste immer weiter bergab wie ein Wagen in voller Fahrt.

Einen Tag vor der Hochzeit kam Joza, um mich abzuholen und in das Häuschen des alten Mánek zu bringen. Irča machte mir zum Abschied das Kreuzzeichen. Vor Rührung – oder vor Betrunkenheit – bekam sie feuchte Augen.

Der Weg dauerte eine gute Stunde, und während wir dem Flußlauf folgten, bereitete mich Joza auf die Mängel der Behausung vor, deren Herrin ich von morgen an sein würde.

»Viele Möbel gibt es dort noch nicht«, begann er vorsichtig – als würde es mir darauf ankommen –, »aber das werde ich bald mit Žeňa fertigmachen.«

Mit Žeňa?

»Das Material dazu habe ich im Schuppen untergebracht. Sei mir nicht böse, daß ich dich so lange bei Irča gelassen habe, aber wir mußten die Fenster verglasen, das Dach reparieren und so.«

Bisher hatte er unsere Bleibe mit keinem Wort erwähnt. In mir keimte der Verdacht, daß mir der Aufenthalt in Irčas Bordell in Kürze äußerst liebenswert erscheinen würde.

»Sonst ist alles fertig«, fuhr er fort, »es ist eine recht große Hütte. Eine Küche, eine Stube, eine Diele und der Schuppen.« Na wunderbar! »Im Garten haben wir die Apfelbäume, einen Pflaumenbaum und einen Sauerkirschbaum stehenlassen, wir haben sie nur ein bißchen gestutzt. Es gibt auch eine Reihe von Haselsträuchern, außerdem Himbeeren und Brombeeren. Die haben wir alle stehenlassen.«

»Du sagst wir. Du und Žeňa?«

»Ach was Žeňa!« Er lachte, Gott weiß worüber. »Mit dem Haus haben mir Pavel, Prokop und Honza geholfen. Du wirst sie alle kennenlernen. Und die Jungen von Pavel. Žeňa wird mir nur sagen, wie ich das Regal, den Schrank, und was wir sonst brauchen werden, machen soll.« Warum glaubst du, daß ich dir das nicht sagen könnte, verdammt?! »Žeňa kennt sich damit aus«, schloß er, wie um mein stummes Aufbrausen zu beantworten.

Gleich am ersten Tag schleppte er mir eine fremde Frau ins Haus!

Aber nun ereignete sich etwas ein Stück oberhalb von uns. Ein einsames Haus stand dort – zu diesem Zeitpunkt ahnte ich noch nicht, daß in Želary jedes Gebäude einsam stand. Ein Mann jagte mit einem Knüppel in der Hand hinter einer Frau her. Die Frau lief um das Haus herum, keuchte – ihr Atem war bis zu uns zu hören –, wirbelte mit den Füßen Sand auf.

Eine Szene wie aus einer frühen Groteske.

Irgendwie befand ich mich plötzlich oben, nur ein paar Schritte weit entfernt.

»Lassen Sie sie in Ruhe! Hören Sie! Lassen Sie sie!«

»Was geht dich das an, du Schlampe?!« Er spie mir vor die Füße.

Gleichzeitig stieß er gegen Joza wie gegen einen Baum. Ein Faustschlag auf die Schulter, und er lag auf den Knien. Er sah Joza an und hob versöhnlich die Hände.

»Schon gut, Joza, schon gut.«

Joza zog ihn mit einer einzigen Bewegung von der Erde hoch.

Eine Weile beobachteten sie sich schweigend. Darauf drehte sich mein zukünftiger Mann um, und wir gingen davon.

Mir zitterten die Knie.

Als ich mich umsah, rieb sich der Mann den Arm.

»Du hast ihm die Schulter geprellt«, bemerkte ich.

»Ich bin sehr stark.«

Im Krankenhaus hatte ich zwar die von klein auf durch Plackerei gestählten Muskeln registriert, aber es war nichts Außergewöhnliches gewesen. Der Kerl, der vor Joza gerade zurückgewichen war, kam mir weit größer und kräftiger gebaut vor, außerdem selbstsicher, gefährlich, rauflustig. Joza wirkte neben ihm wie ein Schaf.

Gebannt blickte ich auf seine baumelnden Arme.

7

Die Hütte des alten Mánek lag auf einer kleinen Ebene, doch man mußte von einem Hohlweg aus einen leichten Abhang zu ihr hinaufsteigen. Sie sah allerliebst aus und duftete nach frischem Holz. Joza zeigte auf drei ähnliche Gebäude, die einzigen kleinen Häuser, die sonst zu sehen waren.

»Dort oben wohnt Lucka, daneben Žeňa und links Pavel Jurigas Familie.«

Drei jämmerliche Buden auf einer riesigen Fläche. Mir fielen vier Kühe ins Auge, die auf einem Grasflecken mit Felszähnen weideten. Miniaturfelder, hier und da Bäume. Ihrem Wuchs nach gehörten sie nicht zum Wald, der sich im Hintergrund bis zum Himmel erstreckte. Von einem Dorf war keine Spur zu sehen.

Ich stand auf der Schwelle meines zukünftigen Zuhauses und sah mich verlegen um.

»Wo ist der Garten?«

Joza machte eine Handbewegung um sich herum. Das Geheimnis der vereinzelten Bäume. Apfelbäume, eine Pflaume, eine Kirsche. Dann die Reihe der Haselnußsträucher, auffällig gerade, davor ein Stück umgegrabener, unbestellter Erde.

In Želary wußte man nicht, was ein Zaun ist.

Auch wenn ich mich innerlich auf eine Gebirgsgegend eingestellt hatte, eine solche Armut hatte ich nicht erwartet. Der Lehmfußboden, die nackten Wände, ein einziges Regalbrett, ein Kleiderhaken, eine Bank, ein Tisch. In der Stube ein breites Bett mit zwei Strohmatratzen und zwischen den kleinen Fenstern so etwas wie eine Kiste.

Joza bemerkte nicht, in welcher Verfassung ich war, denn er beschäftigte sich mit der einzigen Sehenswürdigkeit unserer Hütte, dem Kachelofen, der als sandfarbener Quader von der Küche bis in die Stube hineinragte. Auf dem Ofen standen zwei Töpfe. Ein sehr großer, wohl für warmes Wasser, und ein kleiner. Beide waren aus Ton.

»Setz dich schon mal.«

Er selbst nahm auf einem Dreibein vor dem Ofen Platz, seine Hände verschwanden im Feuerloch. Er drehte sich nicht um.

Ich ließ mich auf der Bank nieder. Mein Entsetzen ging langsam in Hysterie über.

Morgen würde ich hierher, in diese Residenz, einheiraten.

Mein zukünftiger Herr goß in den riesigen Topf das Wasser aus einem Eimer, der in der Diele gestanden hatte, und ging mit dem leeren Eimer irgendwo neues holen. Ich schloß die Augen und kämpfte mit einem Schwächeanfall. Als ich ihn überwunden hatte, glaubte ich nichts mehr zu spüren.

Gleichgültigkeit überkam mich. Alles ist in Ordnung, alles ist, wie es sein soll, denk über nichts nach.

Es wurde dämmerig. Joza zündete eine Petroleumlampe an. Selbst in ständiger Bewegung, hielt er mein Schweigen, meine Reglosigkeit für die Erschöpfung von der Reise.

Kein Wasserhahn, keine Elektrizität und weitere zehn Keins.

Der Ort meiner Verdammnis.

Vielleicht zertrümmerten sie Radoslav Chládek gerade den Kiefer und schlugen ihm in die Nieren.

Ich schrie auf.

Joza wandte sich jäh um.

»Was ist los?«

»Nichts, Joza. Ich habe mich an etwas erinnert. Es ist schon vorüber.«

Er sah, daß es nicht vorüber war, daß ich bis auf die Knochen erstarrt war.

»Setz dich an den Ofen.«

Er hob mich hoch wie eine Holzpuppe, setzte mich auf das Dreibein, lehnte meinen Rücken an den Tisch, den er heranzog.

Die Arbeit mit Holz war sein Beruf.

»Meine Nerven sind völlig hin, Joza: Wir leben in einer gefräßigen Zeit.« Ich weiß nicht, warum ich gerade dieses Wort wählte. Jede Zeit ist letzten Endes gefräßig, wozu das aufblasen.

Er wußte nicht, was er sagen, noch was er tun sollte. Er setzte sich neben mir auf den Boden und legte Holz nach.

Der einzige Mensch in der Nähe. Das einzige Wesen, das mir geblieben war.

Meine herunterhängenden Hände berührten eine kalte, feuchte Schnauze. Das vergaß ich zu erwähnen. Da war ein Hund, der um uns herumwuselte, kaum daß wir angekommen waren. Das ist Azor, hatte Joza ihn mir vorgestellt, und ich nahm an, daß er zu einem der anderen Häuser gehörte. Jetzt sah es so aus, als gehörte er zu uns.

Er sabberte mich voll und wälzte sich auf dem Boden, so daß Joza um ihn herumgehen mußte, als er weiteres Holz holte. Es schien ihm nichts auszumachen.

Das Wasser in dem kleineren Tontopf kochte. Ich wußte nicht, was ich damit anfangen sollte. Joza kam jedoch zurück, ehe es überkochte, goß es in ein Gefäß und warf eine Handvoll Kräuter aus einem Säckchen auf dem Regal dazu.

»Gleich gibt es Tee.«

Der Duft der Kräuter, der wärmende Ofen, die Petroleumlampe. Auf dem Boden ein grauhaariger Hund. Ein Ort aus den Geschichten der Großmutter.

»Erzähl mir etwas, Joza.«

»Ich weiß nichts anderes als das, was ich dir schon im Krankenhaus erzählt habe.« Ins Krankenhaus gedachte ich nicht zurückzukehren.

»Erzähle, was dir deine Mutter erzählt hat.«

Er sah mich erschrocken an. »Meistens Märchen.«

»Dann erzähl mir ein Märchen.«

Es lag in weiter Ferne wie alles, was er mir erzählt hatte, es berührte die Gegenwart nur an der magischen Grenze, an der alle Welten zu einer verschmolzen.

Ein erwachsener Mann erzählte einer erwachsenen Frau ein Märchen, in der Nacht vor ihrer gemeinsamen Hochzeit, am Kachelofen unter der Petroleumlampe, im Duft des Kräutertees.

Die Geschichte, die ich vorher noch nie gehört hatte, war schlicht.

Die Gänsemagd lief während eines Gewitters in den Wald, um vor Blitz und Donner Schutz zu suchen. Auf einer Lichtung fuhr vor ihr ein Blitz herab, und auf einmal stand dort ein schönes Schloß, von Blumenrabatten umgeben. Neugierig ging sie bis zu der marmornen Treppe heran. Sie fand eine offene Türe vor, zögerte etwas, konnte aber nicht widerstehen. Sie trat ins Schloß hinein. Musik, Stimmen und Gelächter waren zu hören. Sie durchlief die Gemächer. In einem entdeckte sie eine Truhe voller prächtiger Kleider und Schmuckstücke. Sie zog sich ein glänzendes Gewand an und stellte sich vor den Spiegel. Dort machte sie sich das Haar zurecht, steckte Kämme und band eine Schleife hinein. Sie folgte der Musik bis zu einem Saal, in dem sich vornehme Herrschaften amüsierten. Sie sahen genau aus wie sie. Sie setzte sich an einen Tisch voller Leckereien und ließ es sich schmecken. Da erschien ein anmutiger Ritter vor ihr und forderte sie zum Tanz auf. Sie reichte ihm ihre Hand und tanzte mit ihm wie im Rausch.

Auf einmal setzte die Musik aus. Die Herrschaften begannen zu lachen.

Sie erstarrte, eingeschlossen in einen Kreis von plötzlicher Feindschaft.

Alle sahen auf ihre Füße. Sie waren rauh, rissig, bloß – sie hatte keine Schuhe angezogen, weil sie nie welche trug.

Prinzessin Barfuß!

Ehe sie sie hinauswarfen, erlaubten sie ihr, sich eine Sache zur Erinnerung mitzunehmen. Sie entschied sich für ein grünes Federchen. Es schwebte über dem Boden, leicht wie ein Atem.

Schmutz, den das Dienstmädchen wegzukehren versäumt hatte.

Das Gewitter hatte unterdessen aufgehört, und als sie aus dem Wald heraustrat, erblickte sie auf dem Abhang ihre Gänseherde.

In der Hand hielt sie immer noch die kleine grüne Feder.

Aus Jozas leiser Stimme hörte ich, wie konzentriert er war auf das, was er erzählte. Auf dieses seltsame Gleichnis.

Die schreckliche Wahrheit offenbarte sich mir. Die Mädchen von Irča hatten nicht ins Blaue hinein geredet. Morgen würde ich einen Trottel ehelichen.

Zeigt mir eine kleine grüne Feder! Zeigt mir ein einziges Federchen, das mich bezaubern könnte!

Joza schilderte die kurze Handlung endlos lange. Er reihte die einzelnen Bilder aneinander wie Perlen einer Kette.

Möglich, daß er an die eine Geschichte eine nächste anschloß, aber daran erinnere ich mich nicht mehr. Ich war eingeschlafen.

Ich wachte in dem breiten Bett auf, ohne Schuhe wie die Gänsemagd, doch in meinen Kleidern und unter einer Decke liegend.

Joza raschelte in der Küche, aus der bereits der Duft von Tee herüberdrang. Ich streckte meine Glieder, strich mir die Kleider glatt.

Auf der Bank vor dem Fenster saß Jozas Wunder – Žeňa. Eine kantige junge Frau, die fortwährend lächelte und bei jedem Lächeln Grübchen auf den Wangen zeigte. Sosehr ich auch von vornherein gegen sie eingenommen war, mußte ich doch ihre Kleidung bewundern, eine Mischung aus ländlicher Tracht und der Kreation einer Modenschau. Das Kleid war aus grobem Stoff und hatte eine breit bestickte Taille.

Wir gaben uns die Hand.

Ein Händedruck sagt mir viel. Žeňas war unweiblich fest. Sie sah mich scheu an, doch das konnte mich nicht täuschen. Sie musterte mich wie ein Ausstellungsstück.

»Žeňa wird dich ankleiden.«

In mir braute sich ein Gewitter zusammen. Warum sollte sie mich ankleiden? Das helle, nüchterne Kleid, in dem ich gekommen war und in dem ich in diesem gottverlassenen Nest auch zur Hochzeit gehen konnte, würde ich mir selbst anziehen.

Žeňa verschwand.

Joza goß mir warmes Waschwasser in eine Tonschüssel. Die Erlebnisse vom Vortag tauchten wieder auf. Darunter der Stolz, mit dem er mir den hölzernen Abort gezeigt hatte, der vom Schuppen aus zugänglich war. Der Eingang war von einem Spalier aus Brettern gesäumt. In der Ecke stand eine riesige Kiste mit Spänen.

Der Ofen bollerte, auf dem Tisch standen Näpfe mit Tee, in der Mitte eine geflochtene Weidenschale mit Brot und zwei Hörnchen. Die Hörnchen waren für mich.

Kaum hatten wir zu Ende gefrühstückt, war Žeňa wieder da. Sie hatte einen Weidenkorb mitgebracht. Joza machte ein zufriedenes Gesicht und verschwand. Der Inhalt des Korbes wurde auf die Bank geleert. Ich erfuhr, daß es sich um Kostüme aus dem Theaterkreis handelte.

»Sie können sich entweder eine Perücke und dieses Kleid nehmen oder den Schleier und dieses hier.«

Žeňa darauf aufmerksam zu machen, daß ich nicht vorhatte, auf einen Maskenball zu gehen, war wohl Zeitverschwendung.

»Danke, ich habe etwas ganz Ordentliches anzuziehen.«

»Darin können Sie nicht gehen.«

»Warum?«

»Vor allem wegen den Haaren. Tragen Sie im Haus das hier.« Sie reichte mir zwei Kopftücher, ein blaues mit besticktem Rand und ein beiges, ebenfalls bestickt. »Bis Ihnen die Haare länger gewachsen sind.«

Erst einmal wuchs mein Gesicht in die Länge.

Ich war unter die Fuchtel der idiotischen Traditionen eines wilden Stammes geraten, für den so etwas wie Persönlichkeitsrecht keine Bedeutung besaß. Ich wählte den Schleier, weil er mir häßlicher erschien. Ich sah mit ihm wie eine verhuschte Waldhexe aus.

Mir schwante, daß dies erst der Anfang der Absonderlichkeiten war, und ich täuschte mich nicht. Meine Vernunft riet mir, Žeňa aufs Wort zu gehorchen.

So stand ich ohne zu murren die lokalen Bräuche und die Zeremonie durch, gegen Abend dann die unerträgliche Gesellschaft grölender Saufbolde im Wirtshaus von Želary. Ich spaltete mich in zwei Personen: den passiven Gegenstand der Hochzeitsfeier und einen staunenden Zuschauer.

Schon ein paarmal hatte ich mich in einer ähnlichen Situation befunden, genauer gesagt einmal, als meine Großmutter starb und die Familie zum Begräbnis ein Freßgelage ausrichtete.

Ich nahm die Vibrationen wahr, die mir körperliches Unbehagen bereiteten und mir zeitweise wie hohe Töne in den Ohren klangen. Je höher die Frequenz, um so mehr war mir, als hörte ich das Surren eines Skalpells. Irgendwann war die Grenze überschritten und ich völlig gefühllos. Ich wußte, daß das Skalpell seine Arbeit getan hatte, daß die Vibration immer noch da war, aber jetzt außerhalb meines Körpers.

Die Spaltung hinterließ keine Spuren.

Geistesabwesend sah ich mich in Ruhe um, studierte das wundersame Ritual. Wie immer zogen mich die Gesichter an. Einige der Gebirgler waren auf rauhe Weise schön, andere ungeschliffen und derb.

Ihr Interesse an meiner Person war vollkommen oberflächlich. Sie hatten mich wie eine nicht weiter bemerkenswerte Wurzelfigur aufgenommen, mit der sie ein Weilchen spielten.

Der Hochzeitsschnaps besaß weit größeren Reiz für sie.

Wahrscheinlich war das ganze Dorf zu meiner Hochzeit zusammengekommen. Die Kirche und das Wirtshaus waren zum Bersten voll. Ich heiratete an einem bedeutsamen Ort, vor Jahrhunderten hatte sich hier ein Wunder zugetragen – Maria Magdalena war erschienen.

Etwas von der Büßerin besaß auch der Priester von Želary.

Zwei halbwüchsige Burschen fielen mir in der Gaststätte auf. Sie beteiligten sich nicht an dem allgemeinen Getöse, sondern saßen abseits und durchleuchteten mich mit ihren starren Blicken. Seltsamerweise empfand ich es weder zudringlich noch unangenehm.

Ich fragte Joza nach ihren Namen. Die beiden Wildfänge, wie er sie nannte, hießen Vratislav Lipka und Vojta Juriga. Weshalb sie sich so anders verhielten, teilte er mir nicht mit.

Lipka war Waise, ein Kind der Gemeinde, Vojta war der Sohn des auffallend gutaussehenden Pavel Juriga. Er hatte zwar nicht die außergewöhnliche Schönheit seines Vaters geerbt, dafür war seinem Gesicht eine Kraft zu entnehmen, der man besser nicht ins Gehege kam.

Gegen Mitternacht wankte ich in den heftigen, aber erfrischenden Wind hinaus. Joza hatte fortwährend anstoßen müssen, schien jedoch nüchtern zu sein. Die Landschaft, durch die Nacht bis zur Unkenntlichkeit verwandelt, besaß den Charme des Unwirklichen.

In der Hütte des seligen Mánek heizte immer noch der Kachelofen, und der Tee war noch lauwarm.

Wir saßen nebeneinander auf der Bank, die Petroleumlampe zeichnete einen gespenstischen Kreis auf die Tischplatte, die Anspannung zwischen uns stieg. Vielleicht wären wir bis zum Morgen so gesessen. Ich entschloß mich zum Handeln. Ich faßte Joza fest bei der Hand und führte ihn in die Stube. In der klaren Dunkelheit der Bergnacht zog ich mein Nachthemd an, um es mir dann gleich wieder über den Kopf zu ziehen. Ich besann mich auf die Quelle meiner größten Stärke, den perfekt beherrschten Trotz. Du hast mir das Leben gerettet, ich werde dir nicht deinen Sold verweigern. Ich fuhr mit meinem Blick Jozas herabhängende Pranken hinunter und setzte mir die Marterkrone auf. Ich legte meine Hände auf seine Schultern. Sein stierer Blick war mir zuwider und erschreckte mich bis zu einem gewissen Grad. Ich holte tief Luft. Unter der Kuckucksuhr an der Wand, dem Hochzeitsgeschenk von Juriga, tickte die wild gewordene Zeit davon.

Jozas Blick war unerträglich. Zum ersten Mal in meinem Leben und, wie sich zeigte, auch zum letzten Mal empfand ich eine unbezwingbare Abscheu. Sie wuchs in mir wie eine Geschwulst.

Endlich regte sich das steinerne Gesicht über mir.

»Ich muß dir etwas sagen.« Mich durchfuhr ein Schauder. »Ich bin dir untreu gewesen.«

Von allem, was er hätte sagen oder tun können, war dies das Unheimlichste. Ich hatte keinen Trottel geheiratet, ich hatte einen Irren geheiratet. Im Geiste durchflog ich noch einmal den heutigen Tag.

»Aber heute ...«, stammelte ich.

»Heute nicht. Es ist schon länger her.«

Während ich herauszufinden versuchte, ob ich nicht an Halluzinationen litt, erfuhr ich von der Dirne des Orts, Běta Látalová, der Tochter des Wirts. Sie sah Joza tagtäglich und hatte ihn nie beachtet, bis es ihr auf einmal leid tat, daß er in ihrer Sammlung noch fehlte. Da er auf ihre Andeutungen nicht in der erwünschten Weise reagierte, kam sie eines Nachts durchs offene Fenster hindurch direkt in sein Bett gekrochen.

Ich mußte mich einen Moment konzentrieren.

»Das liegt hinter uns, Joza«, warf ich sein Abenteuer beiseite und dachte an Richard.

Ich zwang mir ein unbeholfenes Lächeln ab und küßte ihn. Er zuckte zusammen.

»Willst du, daß ich dich auch küsse?«

Das konnte nicht wahr sein!

Ich mußte genickt haben, denn er setzte seine trockenen, geschlossenen Lippen auf meine Stirn. Durch die Tatsache ermuntert, daß ich mich nicht entzog, begann er, mich auf eine unglaubliche Weise zu küssen. Er drückte seine Lippen weich auf meine Wangen. In seine Berührungen legte er soviel Gefühl, als würde er irgendeine Mission erfüllen.

Es dauerte lange, bis ich halbwegs wieder zur Besinnung kam.

Mit aufgerissenen Augen starrte ich die sich bewegenden Schatten an.

Seine riesigen Hände blieben nicht untätig. Eine seiner Pratzen fand sich auf meinem Rücken wieder.

Ich empfand einen freudigen, selbstzerstörerischen Schauer. Was würde in ihm erwachen? Von einem irrationalen Impuls geleitet, streckte ich meine Arme aus und schlang sie um Jozas Hals: Für eine Sekunde verfiel ich in Panik, als mich auch seine zweite Pratze umfaßte.

Er war völlig anders als Richard. Vor allem unfaßbar scheu. Von raffinierten Feinheiten der körperlichen Liebe wußte er rein gar nichts.

Bevor ich mir das alles in meinem Kopf zurechtlegen konnte, sprang Azor zwischen uns. Es war, als hätte diese Pointe noch gefehlt.

»Er ist daran gewöhnt, an meinen Füßen zu schlafen«, murmelte Joza, »wenn es dir etwas ausmacht ...«

»Es macht mir nichts aus«, rief ich.

Durch das leicht geöffnete Fenster zog ein eisiger Wind zu mir unter die Decke. Ich kauerte mich an meinen Mann, um mich zu wärmen. Er drehte sich auf die Seite, und sein freier Arm sank auf mich herab wie ein Engelsflügel.

Die Nacht von Želary löste sich in perlmutterner Dämmerung auf.

Am nächsten Tag wiederholte sich die gleiche Situation, und dann wieder und wieder, bis ich das Nachthemd anbehielt und abwartete, was geschehen würde.

Es geschah überhaupt nichts.

Wir schliefen aneinandergeschmiegt wie zwei Kinder.

Wenn ich an die Sache mit dem Nachthemd dachte, befiel mich Scham. Joza aber schlief den wohlverdienten Schlaf des erschöpften Arbeiters, während ich in die klare Dunkelheit starrte und versuchte, meine Verwirrung zu durchdringen, ohne daß ich zu irgendeinem annehmbaren Schluß gelangte.

8

Nie hätte ich geglaubt, daß eine Landschaft erschrecken kann. Nun erfuhr ich es. Aschfahle Felsblöcke durchschnitten den Wald, in dem sich die Pfade schlängelten, sinnlos verflochten und verwirrend. Sie kreuzten sich auf eine Weise, daß man sich endlos im Kreis drehen konnte. Von unten her brauste der Fluß, der so wild war, daß man ihn nur in heißen Sommern, in denen das Wasser sank, auf den hervorstehenden Steinen überqueren konnte. Aus allen Himmelsrichtungen war das unermüdliche Pfeifen des Windes zu hören. Nur auf den drolligen kleinen Plateaus, auf den trockenen und sandigen oder den gras- und moosbewachsenen, auf denen Wasser entlangrieselte, das von überallher verborgenen Quellen entsprang, nur auf diesen Plateaus umgab mich Stille, doch erschien sie mir nach einer Weile gespenstisch.

Die einsamstehenden niedrigen Holzhütten verschmolzen mit der Umgebung.

Von einem Dorf konnte man nur im Umkreis von der Kirche und der Schule sprechen. Dort befand sich auch das Wirtshaus mit eigener Metzgerei und Lebensmittelverkauf, ein Tabakladen mit verschiedensten Waren und gegenüber des Wirtshauses die Schmiede. Mit etwas gutem Willen konnte man den Weg, der hier entlangführte, als Landstraße bezeichnen. Sie endete nach der einen Seite hin am Sägewerk, nach der anderen in Šádova Hut'. Weil sie sich dem Lauf des Flusses anpassen mußte, war sie kurvenreich.

Šádova Hut', in dessen Umgebung ich gestrandet war, das lebhafte Städtchen mit dem aufgetakelten Gesicht, war mir zwar nicht gerade als Heimat erschienen, doch wenigstens hatte es mich nicht erschreckt. Vertraute Straßen, vertraute Schaufenster, die vertrauten Grimassen der sinnlos hetzenden Passanten. Šádova Hut' kauerte in einer Talmulde, die um ein Vielfaches kleiner war als das winzige Dorf, das mich verschluckt hatte. Sobald ich mich ein paar Meter hinter unserer Hütte im Halbdunkel des Waldes befand, war es, als würde Želary nicht existieren.

Die Angst trieb mich hinüber auf den freien Platz vor dem Wirtshaus. Dort waren Fußgänger zu sehen, dort rumpelten Pferdewagen vorbei, dort kreischten die Kinder. Die Leute grüßten mich, doch sie grüßten mich auf die Weise, in der ein Hund ein zweifelhaftes Individuum beschnüffelt.

Ich ahnte, daß es undenkbar war, in die vor Leben strotzende Kneipe hineinzugehen und mir dort auch nur einen Teller Suppe zu bestellen.

Gleich am ersten Tag hatte man mir hier zu verstehen gegeben, daß ich eine Frau war.

Ich fühlte mich verwaist, auf Gnade und Ungnade einem nicht existierenden Dorf preisgegeben. Meine früheren Gewißheiten spülte der donnernde Fluß hinweg, sie verflüchtigten sich in der von unbekannten Gerüchen gesättigten Luft, gingen im Wirbel der Farben unter, vom Rostbraun des Bodens über die verschiedensten Grünschattierungen bis zum schillernden Himmel.

In den Momenten, in denen ich zu mir selbst zurückkehrte, dachte ich nüchtern darüber nach, wann ich hier wohl wahnsinnig werden würde. Am wohlsten fühlte ich mich schließlich in Máneks alter Elendsbude. Hier verlebte ich die endlosen Stunden wenigstens einigermaßen in Sicherheit.

Joza verließ das Haus, bevor ich aufwachte. Der Ofen bollerte, auf dem Tisch stand ein Körbchen mit Brot, Gemüse, Kartoffeln, Eiern, manchmal mit einem Klümpchen Quark und einem Würfel Butter in einem Kohlblatt. Daneben der Milchkrug. Ich hielt dies für eine natürliche Erscheinung, so wie alles, was mir hier begegnete. Mein Tag bestand daraus, auf Joza zu warten. Ein wenig wurde die Langeweile durch das Zusammenstümpern des Essens zerstreut.

Joza aß alles ohne jede Bemerkung. Auch das, worüber ich errötete. Fehlerlos beherrschte ich nur Tee und die Zubereitung heißen Waschwassers. Ich wusch mich in der warmen Küche, er in einem Zuber im Flur. Die Kälte störte ihn nicht. Er kam schmutzig und müde an, aber sobald er sich mit Wasser abgespült hatte, lebte er auf. Mit einem unbegreiflichen Appetit setzte er sich an den Tisch, so als würde ihn anstelle meiner armseligen Kreationen eine Offenbarung erwarten.

Manchmal wäre ich darüber fast in Tränen ausgebrochen.

Ich beobachtete Joza mit dauerhaftem Mißtrauen und fragte mich, wann er sein wahres Gesicht zeigen würde. Ich hatte keinen Grund, mir Illusionen zu machen, schließlich hatte ich, wenn nicht einen vollständigen, so doch einen ausreichenden Einblick in die hiesige Stellung der Frau in Abhängigkeit von ihrem Mann und Ernährer gewonnen.

Ein ungeschriebenes Gesetz, auf das selbst jene Frauen schwören würden, die ihre Männer klar dominierten.

Joza hatte mir noch keinerlei Anweisungen erteilt. Wie lange ich wohl die Frau Doktor für ihn bleiben würde?

Nach etwa zwei Wochen sagte er: »Am Sonntag kommt Pavel mit seinen Jungen, dann machen wir die Fußböden.«

Ich wußte nicht, was ich mit dieser Mitteilung anfangen sollte.

Am Sonntag in der Frühe hielt tatsächlich ein mit Platten beladener Leiterwagen im Hohlweg. Zusammen mit den

Männern trafen Žeňa und ihre Tochter Jiřinka ein. Sie trugen einen Korb mit Fressalien. Lebensmittelmarken gab es in Želary nicht. Nur Tabakscheine besaßen Kaufkraft, für Joza und mich ein wichtiges Zahlungsmittel.

Pavel Juriga hielt vier Kühe, von denen eine amtlich gemeldet war. Als die Sache zu heiß wurde, verschwand das Vieh auf geheimen Wegen hinter der Grenze des slowakischen Staates bei einem verständigen Freund.

Hier wurde alles geschmuggelt, selbst Pferde. Von beiden Seiten blühte ein lebhafter Handel im Grenzgebiet. Die Ausbeute verschwand zumeist in den abgrundtiefen Kehlen der Schnapsbrüder.

Hinter Žeňa und Jiřinka hopsten Jurigas Töchter her – Zwillinge. Endlich erfuhr ich, wer bei uns morgens Korb und Krug füllte. Die Mädchen brachten die Sachen, bevor sie zur Schule gingen und während ich noch auf der faulen Haut lag.

In Želary verschloß man keine Türen.

Alle außer mir machten sich an die Arbeit.

Das Holz bekam Joza, als Arbeiter im Sägewerk, beinahe umsonst. Ganz umsonst lieferten sie uns Holzabfälle und Sägemehl. Diese »Naturalien« ergänzten den im übrigen jämmerlichen Lohn.

Ich kam kaum mit dem Wundern hinterher, wie rasch, zweckmäßig und exakt das »Machen« der Fußböden verlief.

Ich machte mich meinerseits in der Küche an die Arbeit. Gemüseputzen.

Am Abend rang ich mich zu dem erniedrigenden Satz durch: »Žeňa, bringen Sie mir Kochen bei.«

Zwei Grübchen waren ihre Antwort.

Im folgenden lehrte sie mich nach und nach zu kochen, zu nähen, zu häkeln, zu stricken, Flachs zu riffeln, Besen zu binden, mit der Töpferscheibe umzugehen, den Garten zu pflegen. Meine ans Skalpell gewöhnten Hände hantierten mit dem Kochlöffel, der Nadel, dem Rechen, der Hacke und der Sense.

Nur Holz zu hacken erlaubte mir Joza nie.

Ich verstand es nicht, fragte aber nicht, weshalb.

Hätte ich darüber nachgedacht, warum ich an diesen ungewohnten Tätigkeiten Gefallen fand, wäre ich erschrocken.

Ich dachte nicht darüber nach.

Noch nie in meinem Leben hatte ich etwas mit solcher Selbstverständlichkeit akzeptiert.

Die Freude war auf einmal da. Sie trieb mich einer Arbeit zu, gegen die ich von Kindheit an einen Widerwillen gehabt hatte. Selbst auf unseren Ausflügen war mir das Würstchenbraten, das Kochen der Suppe oder Pilzerösten als eine erniedrigende Tätigkeit erschienen, durch die Mädchen diskriminiert wurden.

In der Hütte des alten Mánek fegte ich die Diele und hatte kein unangenehmes Gefühl dabei. Kein bißchen. Sogar das Klosettbrett scheuerte ich mit Vergnügen.

Davon hatte Großmutter früher gesprochen. Arbeit ist Glück.

Ich war eine glückliche Ärztin gewesen.

Nun war ich die glückliche Hausfrau eines »Dorftrottels«.

Es dauerte nicht lange, und unser Haus war eingerichtet.

Jeden Morgen das gleiche grausame Spiel.

Ich wachte sehr früh auf, auch wenn Joza sich noch so sehr bemühte, leise aufzustehen. Es war vergeblich, denn mit ihm ging auch seine Wärme weg. Manchmal war ich schon vor ihm wach und las von der Kuckucksuhr die Zeit ab, die mir noch blieb, bis mein Nest auseinandergeweht würde. Sie lief im Galopp. Der Ärger darüber verdarb mir das süße Faulenzen.

Nach einem längeren Kampf nahm ich mir vor, zeitgleich mit meinem Mann aufzustehen. Ich gab ihm fünf Minuten Vorsprung und hetzte ihm dann hinterher. Beim Ofen erwischte ich ihn. Ich nahm ihm das Scheit Holz aus den adrigen Händen, die niemals gepflegt worden waren.

Wissen Sie, was Pyromanie ist, Herr Janda?

Er wußte es nicht.

Dafür konnte er engelgleich lachen.

Ich bereitete ihm das Frühstück, wickelte ihm ein Butterbrot mit Quark als zweites Frühstück in eine Serviette und stellte mich, nachdem er weg war, auf die Schwelle der Stube. Erstaunlich wach und frisch.

Das Wunder, das sich ereignet hatte, war buchstäblich aus dem Nichts erstanden.

Es war nicht das einzige Wunder. Zwischen den Fenstern, an denen Gardinen flatterten, stand ein kleiner Tisch und neben ihm zwei Korbsesselchen. Gegenüber dem Bett befand sich ein dreiteiliger Schrank mit geflochtenen Türen. Der Fußboden war mit fein beige gemusterten Platten belegt. Die Steppdecken mit der gezupften Wolle hiesiger Schafe angefüllt.

Meine unpersönliche Höhle in der Stadt voller Lichter, Theater, Galerien, Konzertsäle und breiter Straßen mit überladenen Schaufenstern war unbemerkt zu einem Leichnam geworden, reif für den Seziertisch.

Unter den Händen von Joza und Žeňa blühten die unbelebten Dinge nur so auf.

Ich konnte mich gar nicht genug über meine eigene kreative Leidenschaft, mein Interesse an manueller Arbeit wundern. Ein gelungenes Körbchen, die gestrickten Fausthandschuhe mit von mir selbst erdachtem Muster oder auch nur ein einfallsreich gemischter Gemüsesalat versetzten mich in Verzückung.

An der Stirnseite unseres Betts schloß sich ein schmales Schränkchen an – eine Stellage, Jozas Bibliothek. Darin standen broschierte Hefte der Reihe *Land und Leute*. Žeňa hatte sie gefunden, als sie den Dachboden der Schule aufgeräumt hatte, und sie ihm geschenkt. Er konnte sie fast auswendig.

Ich durfte seine Bücher lesen. Lieber ließ ich mich aber von ihm an ruhigen Abenden, wenn die Dämmerung herabsank, durch die Urwälder, Wüsten, Pampas und Tundren führen und mich mit exotischen Tieren und Menschen bekanntmachen.

Ihm brannten die Wangen dabei.

Bevor ich morgens in die Küche ging, schüttelte ich das Bettzeug auf, öffnete die Fenster weit und ließ den Wind bei uns spielen. Mir war der kleine, in ein Lebkuchenherz eingebackene Spiegel lieb geworden, der über dem Tischchen zwischen den Fenstern hing. Joza hatte ihn einst für seine Mutter gekauft, und die hatte ihn bis zu ihrem Tod aufbewahrt. Ich blieb auch vor unserem einzigen Bild stehen, das Žeňa in einer besonderen Technik angefertigt hatte. Es war eine Stickerei auf einem groben Netzstoff, eingespannt in einen Strohrahmen. Dargestellt war eine Wasseroberfläche, in der sich die blühenden Kätzchen einer Salweide spiegelten. Žeňa hatte irgendeine Botschaft dort hineinverwoben, erzählte mir jedoch nie, welche. Direkt danach gefragt, antwortete sie, das Bild sei eine Erinnerung an ihre tote Schwester Cilka.

Mein Arbeitseifer beschränkte sich nicht auf Máneks Hütte. Meine Welt hatte sich auf alle Hütten in der Nachbarschaft ausgedehnt.

Zu den Höhepunkten meiner Erlebnisse gehörten das Kühemelken und Mähen bei den Jurigas. Ihre acht Kinder, einschließlich des unnahbaren Vojta, sagten zwanglos Tante zu mir, was mich rührte und freute.

Die Sense vertraute mir Pavels Frau Juliška etwas argwöhnisch an, und tatsächlich trieb ich sie anfangs in die Erde hinein, bis ich die richtige Handhabung des Geräts beherrschte und den Hieb mit anmutigem Bogen ausführte. Mit den Kühen war es noch schlimmer. Ich fürchtete mich vor dem riesigen Tier, besonders wenn es sich mißtrauisch nach mir umwandte und mir während des Melkens Juliškas Schürze aufzog und auf den Bändern herumkaute. Zitternd setzte ich mich auf den niedrigen Schemel unter das volle Euter. Es brachte mich aus der Fassung, wie zäh es war. Bald spürte ich meine Daumen nicht mehr, und trotzdem mußte Juliška nach mir zu Ende melken.

Ich gab nicht auf. Mit der Zeit floß auch bei mir die Milch in einem gleichmäßigen Strahl und schäumte in den hölzernen Melkeimer. Die Kuh erkannte mich wieder (ich molk nur eine, Juliška unterdessen die übrigen drei) und begrüßte mich mit einem neckischen Rempler.

Enorme, ja kindliche Begeisterung bereitete mir das Kalb. In einer Ecke des Stalls auf einer hohen Lage Streu aus vorjährigem Laub hockend, ließ ich mich von dem nach Milch duftenden Maul umschnauben.

Kaum hatte die gutherzige Juliška meine Schwäche für junge Tiere erkannt, schenkte sie mir zwei kleine Kaninchen. Zunächst wohnten sie in einer Kiste, die ihnen Joza zusammenzimmerte, aber bald ließ ich sie in den Schuppen hinein, dann in die Küche und schließlich ins Zimmer. Im Unterschied zu Azor, mit dem sie sich sogleich scharf beäugten, bewahrten sie eine peinliche Sauberkeit.

Der alte Hund verschlief den größten Teil des Tages vor dem Haus in der Sonne, und die Kaninchen machten neben ihm Männchen.

Du bist doch eigentlich ein wildes Kötervieh, machte ich den Graukopf aufmerksam – und bist hier zum Jux der Kaninchen.

Er freute sich darüber.

Daß wir die Kaninchen irgendwann schlachten könnten, war undenkbar. Ich verstand nun, was aus Žeňa eine Vegetarierin gemacht hatte.

Azor war meiner Schätzung nach fünfzehn, sechzehn Jahre alt. Er schleppte sich auf seinen matten Beinen hinter mir her und tat so, als würde er mich beschützen. Viel Gelegenheit dazu hatte er nicht. Nur wenn jemand über den Hohlweg herankam, bellte er zur Warnung los.

An Würmern litt er nicht, ich mußte ihn nur gelegentlich von Flöhen befreien.

In der Nacht, zu Jozas Füßen ausgestreckt, schnarchte er seine Melodien des Alters, aus denen gelegentlich bellend seine Hundeträume hervorbrachen. Dann knurrte er und zuckte mit der Pfote.

Wenn ich das Haus verließ, hielt er es für seine Pflicht, mich zu begleiten. Als ich eine Kleinigkeit im Wirtshaus einkaufen wollte, fiel ihn vor der Kneipe ein Schäferhund an, der offensichtlich die ganze Welt haßte. Mit einem Sprung und einem Griff befreite ich Azor. Ich würgte den Angreifer mit seinem eigenen Halsband – einem fransigen Seil. Ich wußte, wie stark ich drücken mußte. Er war gezwungen, sein Maul zu öffnen und den Hals seiner Beute freizugeben.

Ich hielt die rasende Bestie in Schach, wußte aber nicht weiter, außerdem ließen meine Kräfte nach.

Da erlebte ich einen Schock. Aus der Wirtschaft kam Vratislav Lipka herausgelaufen, legte dem Hund eine Hand auf den Kopf, übernahm das zerrissene Seil von mir und machte es langsam los. Er murmelte etwas Leises, Unverständliches. Der Hund sprang ihn nicht an, im Gegenteil – er wedelte mit dem Schwanz und winselte freudig. Uns beachtete er nicht mehr. Er schlich hinter dem Jugendlichen her ins Lokal und schoß nach einer Weile mit einem Hörnchen im Maul wieder heraus.

Azors welke alte Haut war durchbissen worden, aber es war keine schlimme Wunde, auch wenn sie ziemlich blutete. Ich hielt sie mit einem Taschentuch zusammen und trug ihn auf meinen Armen davon. Die Kneipenbrüder hatten sich prächtig unterhalten.

Ich erzählte Joza von dem seltsamen Erlebnis.

»Ja«, nickte er. »Lipka kennt jeden Hund.«

Offensichtlich gab es da nichts zu wundern. Also wunderte ich mich nicht.

9

Obwohl mich Joza nie irgendwie mißhandelte, ganz im Gegenteil, lebte ich in ständiger Anspannung. Mich quälten Vorahnungen. Was, wenn alles anders war? Wenn ich dabei war, die alte Überlegenheit der Ärztin aufzubrauchen? Wenn ich sie leer aß wie eine Schüssel? Irgendwann würde der Grund erreicht sein, die Stunde der Wahrheit eintreten und der Grobian in meinem Mann ans Licht kommen.

Bis dahin spielten wir noch das alte Spiel von Ärztin und Patient.

Die Ungewißheit schwebte jedoch in der Luft wie eine Glocke, die von Zeit zu Zeit läutet.

Er war nicht so unmenschlich passiv. Den Mann am ersten Tag hatte er mit einem Schlag niedergestreckt.

Wann käme ich an die Reihe?

Noch unternahm er nichts, doch ich spürte, daß er mich mit unsichtbaren Fäden umschlang – und lauerte. Seine Liebenswürdigkeit war nur das Netz einer Spinne.

Ich wußte, daß ich mich vorbereiten sollte, doch um Gottes willen worauf nur?

Er gab mir keinerlei verständliches Signal. Falls er meinen Willen brechen und mich innerlich zermürben wollte, konnte er es nicht besser anfangen. Schon lange stritten sich zwei Frauen in mir, und eine von ihnen war hörig.

Zum Glück warnte mich immer wieder sein Lächeln, mit dem er nach Hause kam. Es brachte mich auf. Kränkte mich.

Azor schleckte ihm eifrig die Hand ab.

Wenn er sich zum Waschen auszog, fiel mein Blick auf seinen zusammengeflickten Brustkorb.

Und seine staubbedeckten Augen!

Grau.

Ich konnte die Farbe nicht ausstehen.

Ein verschmitztes Halbdunkel.

Ein Weißschwarz, ein Schwarzweiß.

Manchmal riß es auf, und ein blauer Kristall wurde auf dem Grund sichtbar.

Was man nicht alles hassen konnte!

Eines Tages würde er sich entlarven. Um die Wahrheit zu sagen, konnte ich es kaum erwarten.

Dann geschah es. Ich zerbrach die Petroleumlampe, die einzige Lichtquelle in unserer Hütte. Sie war mir aus der Hand gefallen, als ich sie vom Regal genommen hatte.

Die Scherben lagen zu meinen Füßen, ich hatte das Gefühl, sie weinten, denn um sie herum hatte sich eine Pfütze gebildet.

Ich stand darüber aufrecht wie ein Lineal. Denn gerade kam Joza zur Tür herein.

Zuerst sah ich mich selbst. In einer Sekunde war ich zu einem Haufen Sand zusammengefallen. Er konnte mich leicht mit seinen Schaufeln auflesen.

Wahrscheinlich war es gerade rechtzeitig passiert. Das schlimmste Los ist das Warten.

»Joza, ich habe die Petroleumlampe kaputtgemacht«, würgte ich aus mir heraus, als könnte er es nicht selbst sehen.

Er richtete seine staubigen Augen auf mich. Der Blick der Schlange. Das kannte ich. Sogar sehr gut. Sie haben keine Ahnung, Herr Janda, was für eine Kindheit ich gehabt habe.

Willst du, daß ich dir eins aufs Maul gebe?

Wenn er es ausspräche, würde ich in schallendes Gelächter ausbrechen. Das Gelächter als Prolog der Tragödie. Das war nicht einmal Shakespeare eingefallen.

Dumme Rohlinge konnten nichts dafür, daß sie roh waren. Trotz allem, was mir nun unausweichlich von Joza widerfahren würde, tat es mir um ihn leid.

Ich hob automatisch die Hand, um mein Gesicht zu schützen.

Schon einmal hatte sich genau das Gleiche abgespielt. Nur daß es damals um eine Thermoskanne gegangen war.

Joza machte ein paar Schritte nach vorne, und seine Hände legten sich auf meine Arme.

Ich kannte das. Zuerst würde er mich kräftig durchschütteln.

Eine Hand erhob sich. Auf mein Haar. Auch das kannte ich gut.

Er war so nah, daß ich ihn nicht mehr sah. Ohne eine Frage legte er sich meinen Kopf an die Brust.

Ein Knochen in den Pfoten des Hundes. Ein Knochen, den er eine Weile ableckte, bevor er zubeißen würde.

»Es ist nichts passiert«, sagte er aus weiter Ferne, »ich werde Prokop heute noch sagen, daß er morgen aus Šádova Hut' eine neue mitbringt. Eine mit Glühstrumpf. Du wirst sehen, daß sie dir gefällt.«

Die unerträgliche Spannung fuhr durch mich hindurch. Ich zerbarst nach allen Seiten. Die Dämme, die ich mir mein ganzes Leben lang aufgebaut hatte, wurden durchbrochen, die Sintflut setzte ein.

Ich wand mich in Jozas Armen wie ein nasser Lappen. Wer hätte vermutet, daß in mir soviel Wasser steckte? Meine größte Sorge war, daß auf seinem vernähten Brustkorb dauerhaft der Abdruck meines Gesichts zurückblieb.

»Wein nicht, Hanulka, gleich morgen kriegst du eine neue, gleich morgen.« Mein Kopf fuhr wie ein Ball von ihm weg.

»Soll ich dich nicht so nennen?« fragte er erschrocken.

»Doch«, wimmerte ich.

Er strich mir über die Haare, drückte seine Wange gegen meine nasse Haut.

»Als ich die Thermoskanne kaputtgemacht habe«, heulte ich unter seinem Hals, »hat niemand gesagt, wir kaufen eine neue.«

Er verstand nicht richtig, wovon ich sprach. Seine Berührungen zeigten keinerlei Abscheu. Mir wurde deutlich, daß ich gerade jetzt, in diesem schamlosen, erpresserischen Geplärre, genau die war, die er innig liebte.

Ach, Slávek, nein! Nein, denn ich will es nicht!

»Bist du nicht böse, Joza?« meldete sich etwas Ruchloses in mir.

»Warum sollte ich böse sein?«

Aus meinem Unterbewußtsein arbeitete sich die Erkenntnis an die Oberfläche, daß ich in einem außerirdischen Roulette gerade die Bank gesprengt hatte.

Jozas Beschwichtigung war meilenweit von dem entfernt, womit mich Richard, meine verschmähte Liebe, überhäuft hatte.

Er wischte das feuchte Salz weg, solange es mir aus den Augen trat.

Ich rollte mich zusammen und wünschte mir, bis zum Ende des Lebens so zu bleiben.

10

Zu meinen hellen Freuden gehörte das Bergwandern. Joza führte mich durch die Wälder und über Abhänge, manchmal weit bis in benachbarte Dörfer. Sie glichen sich aufs Haar. Wir machten nur bei Aussichtspunkten halt und versenkten uns in die Landschaft. Allein hätte ich nie aus den Wäldern herausgefunden, ich besaß keinen Orientierungssinn, dafür bewegte sich mein Mann mit Sicherheit. Bestimmt überschritten wir auch mehrfach die Grenze. Wir hörten in nicht weiter Entfernung slowakische Mählieder – jodelnde Weisen, schleppende melancholische Melodien.

Einmal wäre ich im dichten Waldbestand beinahe auf ein neugeborenes Rehkitz getreten. Es sah aus wie tot. Mit meinen Augen rief ich Joza herbei. Er nahm mich bei der Hand und zog mich leise weg.

»Es ist nicht tot«, antwortete er meinem Blick. »Es tut nur so.«

»Was ist mit der Mutter? Hat sie es verlassen?«

»Nein, sie liegt irgendwo in der Nähe. Sie schützt es so. Ein Kitz hat noch keinen Geruch, sie ja. Sie will keinen Fuchs zu dem Jungen heranlocken.«

»Woher weißt du das alles?«

»Das weiß hier jeder«, wies er meine Bewunderung von sich.

Wir betrachteten das Rehkitz ein paar Minuten, es rührte sich kein bißchen. Ich erkannte jedoch, daß es atmete.

Wir stiegen aus dem Dämmerlicht des Waldes höher hinauf, zwischen die Felsen. Am Horizont öffnete sich ein Krater, aus dem die Sonne herausbrach. Sie lockerte sich auf zu einer langsamen Fahrt auf ihrem Teich.

»Soll ich dir sagen, was mir aufgefallen ist?« fragte Joza verlegen.

»Natürlich.«

»Mir ist aufgefallen, daß es immer da, wo ich mit dir bin, drum herum schön ist.«

Ein millionenfach vor uns geäußertes Bekenntnis.

Jedes Mal neu, eben entdeckt, einzigartig.

Meine Glieder wurden zu Eis.

Ich verschränkte die Arme, damit Joza nicht etwa einfiel, sie zu berühren.

Es war vergeblich, einen Augenblick später half er mir über einen umgestürzten Baum.

»Warum hast du nicht gesagt, daß dir so kalt ist?«

Ich würde es nicht fertigbringen, ihm zu erklären, daß der Nordwind, der meine Gliedmaßen in Eis verwandelte, aus meinem Innern wehte.

Von da an nahm er eine Strickjacke mit, und wenn wir uns niedersetzten, warf er sie mir über die Schultern.

Bei ihm von Höflichkeit zu sprechen wäre albern. Höflich war Richard, und dessen Höflichkeit war demonstrativer Schliff.

Joza war auf einfachste Weise zärtlich. Zärtlich von seinem Wesen her. Später bezeichnete ich diesen Zug seiner Persönlichkeit als »Stempel seiner Mutter«. Noch später nannte ich es das Syndrom, nicht zu verletzen.

Die Zärtlichkeit als Eigenschaft stellt nur einen Teil der Gefühlsbandbreite eines Menschen dar und muß überhaupt nicht in Erscheinung treten. Eine Gefühlsäußerung ist in Wahrheit eine Überwindung von Barrieren. Jozas Zärtlichkeit war so naturgegeben wie sein Blutkreislauf. Ich gewöhnte mich so leicht und schnell daran, daß ich, wenn er aufgehört hätte, zärtlich zu sein, und zum Beispiel nur noch anständig gewesen wäre, mich wie ein geprügelter Hund gefühlt hätte.

Allmählich wurde ich von seiner Zärtlichkeit abhängig wie ein Drogensüchtiger vom Rauschgift. Ich wußte gut, was mit mir geschah. Ich kurierte mich von den Traumata meiner Kindheit.

Mein Vater war am Ende des Krieges gestorben, ich kam als nachgeborenes Kind auf die Welt. Meine Mutter verheiratete sich erneut. Sie starb, als ich in die Schule kam, und mein Stiefvater nahm sich eine neue Frau. Ich hatte zwei Geschwister, wuchs auf wie eines von ihnen, aber solange ich mich erinnern kann, lebte ich mit dem erstickenden Gefühl, daß ich irgendwohin an den Rand gedrängt wurde, daß mir etwas verwehrt wurde. Ich schämte mich dafür, und Groll setzte sich in mir fest. Außerdem nagte fortwährend eine schwer erklärliche Angst an mir. Wäre meine Großmutter nicht gewesen, ich hätte mich zu einem kleinen Monster entwickelt.

Joza beglich meine alten Forderungen.

Er ging auf eine Weise mit mir um, daß jeder andere Mann in Želary sich auf ewig lächerlich gemacht hätte. Vom Joza aus der Schmiede hatte man allerdings etwas Ähnliches geradezu erwartet.

Noch immer verfluchte ich jedoch das Schicksal, das mich auf einer anderen Umlaufbahn ausgesetzt hatte. Nach den Jahren des Schuftens, nach den Jahren der Versagungen hätte ich bei meiner Begabung, meiner Hartnäckigkeit und meiner Begeisterungsfähigkeit für immer wieder neue Erkenntnisse der Star internationaler Symposien sein können, mit Anerkennung und Neid überhäuft, ich hätte den aufreibenden Kampf mit einer Befriedigung gekämpft, in der ich immer den Keim des Todes vermutet hatte, ich hätte gegen die nie enden wollende Angst vor dem eigenen Versagen gekämpft, und es wäre ein um nichts härterer Kampf gewesen als der, den ich im Grenzgebirge mit Jozas Liebe kämpfte. Der wesentliche Unterschied lag darin, daß ich dort als Siegerin glücklich gewesen wäre, hier als Unterlegene.

Mit jedem Tag, der verging, wurde mir deutlicher, wie klug mein Mann gehandelt hatte, als er die Kate des alten Mánek auswählte. Leere Hütten gab es genug. Junge Paare errichteten nach bestehender Sitte gewöhnlich neue Häuser. Ein Monat aufreibender Arbeit mit einer Schar von Bekannten.

Joza hatte nicht ein Haus gewählt, er hatte die Nachbarschaft gewählt. Žeňa, Juliška, Lucka. Das Beste, was zu haben war.

Wäre ich nicht durch einen unvorhersehbaren Zufall als Luckas Gehilfin auch in andere Hütten gelangt, ich hätte Želary nie kennengelernt.

11

Nach etwa einem Monat nahm Joza mich zum Grab seiner Mutter mit, in das wohlhabende Dorf, die Gegend der Ebenen und Weinberge, von wo er mit fünfzehn Jahren an den Schmied in Želary verkauft worden war.

Ich sah es als einen Dienst an, den ich seiner Mutter zu erweisen hatte.

»Ich möchte dich gern meiner Mutter zeigen«, hatte Joza gesagt, »ich möchte ihr sagen, daß ich geheiratet habe.«

Mit Friedhöfen hatte ich nie etwas anfangen können. Mich störten der demonstrative und oftmals unaufrichtige Schmerz, die obligatorischen Blumen zu Allerseelen, ich genierte mich für die Trauerzüge, die vorgeschriebenes Leid ausschwitzten. Meine Großmutter hatte ich aus tiefstem Herzen geliebt, doch nie wäre es mir eingefallen, an ihrem Grab zu weinen.

Den menschlichen Kummer, dem Symbole und Reliquien Trost brachten, verstand ich nicht.

Wir fuhren mit dem Zug, und er trug den Kranz, den ich aus Nadelzweigen und kleinen gelben Röschen gewunden hatte, die hier in jedem Garten blühten.

Am Bahnhof von Šádova Hut' wurde ich Zeugin einer Szene, die mir bewußt machte, wie weise meine Entscheidung gewesen war, mich gemäß der Taktik einer bedrohten Maus unsichtbar zu machen.

In den Waggon neben uns wollte eine Frau in einem teuren Kostüm einsteigen. Sie trug einen eleganten Hut auf dem Kopf. Als sie an unserem offenen Fenster vorbeikam, wehte der Duft von Kölnisch Wasser zu uns hoch.

Kaum war sie die Waggonstufen hinaufgestiegen, da wurde sie von einer Horde von Rüpeln zurück auf den Bahnsteig gehoben.

»Schlampe«, brüllten sie. »Dieses Weib wollen wir hier nicht!«

Die lachende Schaffnerin stopfte sie eilig in einen anderen Waggon.

Die Meute der tobenden Kerle stammte aus Želary.

Ich zog mein Kopftuch enger.

Unterwegs nannte mir Joza die Namen der Dörfer, an denen wir vorbeikamen. Sie lagen spärlich verstreut zu beiden Seiten der Gleise. Ich war überrascht, daß fast zu jedem von ihnen eine Ziegelei gehörte.

Die Bahnstrecke sank in die Ebene hinab, und um Lehmhäuser herum tauchten die ersten Ranken von Weinstöcken auf.

Der Friedhof lag auf einem Hügel hinter dem Dorf, und wir mußten einen halben Kilometer steilen Wegs überwinden.

Joza nahm mich bei der Hand und paßte sein Schrittempo meinem an. Dennoch kam ich ziemlich außer Atem. Ich, die ich auf unseren studentischen Wanderungen die Männer überholt hatte.

Wir traten durch das Friedhofstor, und mir begannen unvermittelt die Knie zu zittern. Meine Hand in Jozas wurde schweißnaß. Als stünde mir eine schwere Prüfung bevor. Das Grab war schlicht, aber gut instand gehalten. Wir legten den Kranz an das metallene Kreuz. Dann standen wir steif nebeneinander, Joza betete vielleicht. Auf dem ganzen Friedhof befand sich niemand außer uns.

Mir zwickte es in den Augen. Etwas geschah mit mir, was ich ablehnte. Ich wurde von Rührung überwältigt.

Vom Friedhof gingen wir wieder den Hügel hinunter, manchmal stolperte ich über vom Regen ausgehöhlte Schlaglöcher.

Sowohl auf diesem Weg als auch danach im Zug sprachen wir kaum.

Wir fanden in keinem Abteil einen freien Platz, deshalb saßen wir im offenen Gang inmitten lärmender Reisender, einer an den anderen gelehnt.

Woran denken Sie, Frau Jandová? An nichts.

Ich fiel in einen angenehmen Halbschlaf. Den ununterbrochenen Strom fremder Stimmen nahm ich wahr wie einen Wirrwarr von Lauten, die keinen Sinn ergaben. Etwa auf der Hälfte des Wegs holte Joza die Flasche mit kaltem Tee aus dem Korb, die wir zusammen mit Kartoffelpuffern mitgenommen hatten. Ich trank etwas, wollte aber nichts von den Puffern. Er machte es genauso.

In Šádova Hut' kam ich wieder zu mir. Wir folgten auf der sandigen schmalen Landstraße dem lärmenden Fluß. In den Biegungen waren winzige Stromschnellen mit Schaummützen zu sehen. Das Wasser stand hoch.

Um die Hütte des alten Mánek wand sich leichter grauer Dunst. Es dämmerte.

Joza zündete die Petroleumlampe mit dem Glühstrumpf an und heizte den Ofen ein. Aus dem Tonkrug von der Ofenplatte goß er mir lauwarmes Wasser zum Waschen ein. Den Rest nahm er sich für den Zuber im Flur mit.

In der Pfanne schmorte eine Zwiebel, ich schlug ein paar Eier hinein, schnitt Lauch und vermischte ihn mit gehacktem Knoblauch. Joza brachte aus dem kleinen Keller eingelegtes Gemüse und gab mir eine süße Paprika – eines von Žeňas schnellen, schmackhaften Gerichten. Azor, der seit unserer Ankunft eifrig um uns herumschwänzelte und leise bellte, bekam seinen Teil in eine Schüssel in der Ecke. Den Kaninchen gab ich jeweils eine Möhre.

Als ich dann die Embryonalstellung einnahm, in der ich meistens schlief, schloß ich die Augen nicht. Ich wartete, bis Jozas liebkosende Hand auf meinem Haar müde wurde. Noch bis vor kurzem hatte ich nie zuvor eine Nacht lang mit jemandem in einem Bett verbracht, und es hatte mich abgestoßen. Nun machte ich es mir ohne die geringste Verlegenheit in der wärmenden Nähe eines fremden Körpers gemütlich und unterschied mich nur dadurch von einer zufriedenen Katze, daß ich nicht schnurrte.

Es waren für mich Augenblicke reinen Glücks, und ich wünschte mir, daß mein privates Paradies so lange wie möglich andauerte. Verlängern ließ es sich jedoch nicht, es verflüchtigte sich im Nebel des eintrudelnden Schlafs.

Ich hatte immer geglaubt, ich würde ruhig schlafen, regungslos, ohne zu schnarchen, zu schnaufen oder im Schlaf zu reden. Alle hatten das gesagt. Meine Bettnachbarin in der Landherberge hatte mich nachts geschüttelt, um zu sehen, ob ich noch lebte.

Aber ganz so war es nicht.

Ich schreckte aus einem gräßlichen Traum auf – und konnte mich an keine Einzelheit erinnern. Mir fiel auf, daß ich knapp am Bettrand lag. Joza war wach. »Hanulka«, sagte er auf eine Weise zu mir, die nur ich kannte. Er fuhr mit seiner Hand über meine Arme und tastete nach meinen eisigen Fingern. Er zog mich an sich, um mich zu wärmen.

Ich drückte mich gegen ihn und zupfte ihn an den Haaren. Er zahlte es mir zurück, indem er sich meinen Arm um den Hals wickelte. Ich biß ihn ins Kinn, dann wischte ich den Biß mit einem Kuß weg. Danach biß ich ihn in die Nase. Als ich damit fertig war, küßte er mich ab.

Zu einem Knäuel zusammengeringelt schlief ich langsam ein, mit dem Kopf auf seiner nackten Brust. In meinen Haaren wellte sich sein Atem.

Am Morgen sah Joza scheu und schuldbewußt aus, in seinen Augen war ich das unschuldige Opfer seiner sündhaften Schliche. Ich ließ ihn in dem Glauben.

Irgendwo in einer Vorzeit, zu der ich nur mit Mühe durchdrang, war mein Liebesidol Richard im Vergleich zu Joza, dem reinen Quell, nichts als ein erfahrener Schürzenjäger gewesen.

Bevor er in die Sägerei ging, fragte ich ihn: »Wer kümmert sich um das Grab deiner Mutter, Joza?«

»Der Herr Vater.«

Das war das erste Mal, daß er seinen Vater erwähnte, den er nur dreimal gesehen hatte, jedesmal während der Kirchweih in Želary.

Er hatte von ihm ein Sparbuch bekommen, von dem die Mutter niemals etwas abhob, und sie ermahnte ihn, gut darauf aufzupassen. Es ging ihm verloren, als er nach Želary umzog.

12

Es war ein naßkalter Herbsttag. Der Himmel war schwer geworden vom Regen, doch im Augenblick nieselte es nur. Ich beschloß, die Zeit vor dem nächsten Regen zu nutzen, um oberhalb unserer Hütte Brombeeren zu pflücken. Ich tauchte in das Strauchwerk ein und legte vorsichtig die reifen, von ihrer eigentümlichen schwarzblauen Süße angeschwollenen Beeren in den Korb. Ich entfernte mich immer weiter und versuchte, mich zu beeilen. Zwei Wochen lang hatte es mit nur kurzen Unterbrechungen ständig gegossen. Azor fehlte mir, der mich sonst auf Schritt und Tritt begleitete und mir einen zweifelhaften, wenn auch bemühten Schutz bot. Er lag mit einer gebrochenen Pfote in der Küche. Er war in die Falle eines Schlingenlegers geraten und noch glimpflich davongekommen.

Ich dachte mit Rührung an ihn. Als ich aus dem Haus ging und ihm mit dem Versprechen, bald wiederzukommen, den Kopf streichelte, hatte er mir einen hingebungsvollen Blick geschenkt.

Ich beschleunigte mein Tempo, denn es sah nach dem nächsten Guß aus. Die reiche Ausbeute zögerte meine Rückkehr hinaus. Das Gestrüpp dehnte sich nach allen Seiten.

Nach den ersten Tropfen machte ich mit beinah vollem Korb kehrt und bahnte mir einen Weg zurück durchs dornige Dickicht. Ich fand mich auf einer Lichtung wieder, aber keinesfalls oberhalb unserer Hütte. Mein Herz begann zu klopfen. Vor mir senkte sich ein unbekannter Abhang in schwarzgrüne Tiefe. Eilig tauchte ich wieder ins Strauchwerk und suchte den kleinen Pfad, über den ich gekommen war. Doch das Gestrüpp hatte sich hinter mir geschlossen.

In dem Geflecht von Pfaden, das ich fluchtartig auszuprobieren begann, bewegte ich mich wie eine Fliege im Spinnennetz.

Denk nach, befahl ich mir, denk nach! Der Brombeerhag ist zwar ausgedehnt, doch nicht unendlich. Du kannst ihn umgehen.

Ich versuchte es. Ein Nebelstreifen unterbrach jedoch jäh meine Wanderung, und als der Wind ihn auflöste, war dahinter nichts, nur Himmel. Bis auf zwei Schritte vor mir offener Himmel. Ich schloß für eine Sekunde die Augen. Panik. Ich mußte sie bezwingen. Doch vergeblich. Sie hatte mich längst im Griff.

Ich setzte mich, genauer gesagt fiel auf die Erde.

Ameisen begannen mich zu zwicken, und ich stellte fest, daß die kleine Erhebung, auf der ich mich ausruhte, ein riesiger Ameisenhügel war. Damit war die Grenze zur Hysterie erreicht.

Denk nach!

Wäre Slávek an meiner Stelle gewesen oder ein anderer intelligenter Mensch, er hätte sich zu helfen gewußt. Meine Gedanken bewegten sich jedoch nur tappend vorwärts.

Ich legte mich auf die Erde, schmiegte meinen Körper an das modrige Laub und atmete tief dessen bitteren Duft ein. Ein wenig half mir das.

Denk nach!

Du bist am Rande irgendeines Abgrunds. Du bist am Rand einer Felsschlucht.

Zentimeter für Zentimeter, wie ein niedergetretener Wurm, arbeitete ich mich nach vorne, schlich ich näher an das bedrohliche Grau des klaffenden Himmels. In dem Schlund vor meinen Augen bewegten sich leise Schatten. Ich klammerte mich verzweifelt an den Boden wie an die einzige Wirklichkeit.

Es war tatsächlich ein Abgrund.

Ich begann schneller zu atmen, doch aus allen Poren schoß mir der Schweiß. Unterhalb des Abhangs breitete sich der Wald aus. Aus dieser Höhe sah es aus, als würde er auf ebener Fläche wachsen. In weiterer Entfernung war er vom Regen abgeschnitten.

Denk nach!

Ich bekam einen Tropfen ab. Über den Felsüberhang lief ein Wasserrinnsal. Weiter unten verwandelte es sich in einen kleinen Bach.

Der Schraubstock auf meiner Brust löste sich. Dieses Wasser floß irgendwohin!

Ich suchte eine Stelle, von der aus ich mich hinabzusteigen traute. Den Korb hatte ich nicht mehr, und über mein Schienbein zog sich eine blutende Strieme. Der feine Nieselregen leckte sie unersättlich ab. Ich hielt mich an einem Felsvorsprung fest, um zu verschnaufen. Ein Gebell war zu hören, und ich drehte mich um. Über mir stand ein Hirsch mit einem riesigen Geweih. Kaum registrierte er meine Bewegung, stob er davon.

Meine Hände wurden bald zu schwach, und ich begann an der lehmigen Wand hinunterzurutschen. Halb stürzte, halb stolperte ich. Am Ufer des Bachs schlug ich auf.

Ich sah in die Höhe und konnte nicht glauben, welchen Weg ich zurückgelegt hatte. Mein einer Schuh war irgendwo hängengeblieben, also stieß ich auch den anderen ab. In dem kalten Wasser des Wildbachs spürte ich keinen Schmerz, doch der Lauf über die rutschenden Kiesel ging über meine Kräfte. Der Strom riß mich mit. Ich kroch ans Ufer und versuchte, mich durch die Brennesseln zu arbeiten, das war noch schlimmer, also kletterte ich wieder ins eisige Wasser. Zum Glück hellte sich der Wald auf, der Baumbestand lichtete sich. Ich näherte mich der Mündung, das heißt dem ersehnten Fluß. Ich versuchte, schneller voranzukommen.

Dann stand ich wie versteinert da.

Der Bach mündete nicht in einen Fluß, sondern in einen Sumpf. Der Regen hatte wieder für eine Weile ausgesetzt, die Wolken rissen auf, in der sanft schaukelnden, grün bewachsenen Wasserfläche blitzte furchtbar die untergehende Sonne auf. Blutige Zungen wellten sich vor mir. Und um den Schrecken noch größer zu machen, ragte wie ein Dorn aus dem gallertartigen See – der Stumpf irgendeines Gebäudes.

Ich kehrte dem entsetzlichen Bild den Rücken und floh mit letzter Kraft.

Ich arbeitete mich stromaufwärts, stieg bei einer Sandbank aus dem Wasser und kletterte nach oben. Das heißt, ich kroch auf meinen abgeschürften Ellbogen und Knien. Wenn ich zu irgendeiner Überlegung fähig war, dann nur zu der, die ein Mensch zustande bringt, bevor er untergeht.

Rettung winkte nur von oben. Die Nacht rückte näher, und ich durfte nicht in der Dunkelheit versinken. Ich schnappte mit weit aufgerissenem, trockenem Mund nach Luft. Schleppte mich bis zu einem leeren Futtertrog. Ihn erkannte ich als mein Ziel an und kauerte mich an ihn. Das morsche Holz war vom Wasser vollgesogen und hatte einen stechenden Fäulnisgeruch.

Langsam schloß sich der Himmel über meinem Kopf.

Ich wunderte mich, daß mir Tränen aus den Augen flossen, wo ich doch so ausgetrocknet war.

Ein paar Meter unter mir plätscherte das Rinnsal, dem ich kopflos vertraut hatte. Ein Windstoß klärte mir den Sinn, und ich ahnte, was sich mir da näherte. Ein heftiger Gebirgssturm. Es war mir gleich. Ich empfand sogar eine perverse Freude, als die Schwärze über mir zum Angriff blies.

Der Wind wirbelte Zweige auf, Wasserkaskaden schlugen sie auf die Erde, die Welt erbebte in ihren Grundfesten, und ich hatte keine Angst. Mit Interesse verfolgte ich die Blitze, das Knallen der Äste klang mir wie der Schrei eines Waldvogels, es störte mich nicht, daß ich ein unbewaffneter Infanterist in vorderster Reihe war.

Um die Zeit totzuschlagen, die mir noch verblieb, versuchte ich, mich an entfernte Dinge zu erinnern, an meine Kindheit und Studienzeit, mit gleichgültiger Kälte dachte ich darüber nach, wie ich mit meinem Naturell, mit meiner permanenten Angst vor Katastrophen – wie ich da hatte Ärztin werden können.

Ich lachte im stillen darüber, die laute Äußerung blieb mir verwehrt, denn ich hatte keine Stimme.

Es war ein konsequenter Ausgang meiner irdischen Reise, daß ich sie zwischen Felszähnen kauernd an morschem Holz beendete, mit zerschundener Haut und geräderten Gliedern, und daß mir der nasse Himmel auf die Schultern fiel.

13

Etwas Heißes, Glitschiges fuhr über mein Gesicht.

»Bufča, du kriegst eine Wurst.«

Was träumte ich da?

Zwei Spukgestalten. Ich kauerte mich zusammen.

Joza hob mich von der Erde auf, und Vratislav Lipka streichelte einen Hund, der ihm an die Brust sprang. Einen Schäferhund. Womöglich genau der, der Azor hatte erwürgen wollen. Das alles nahm ich im Aufflackern der Blitze wahr.

Joza sagte etwas zu mir, aber ich konnte kein Wort verstehen, obwohl seine Lippen kaum einen Zentimeter von meinem Ohr entfernt waren. Die menschliche Stimme wurde vom Donnergrollen fortgerissen.

Dann befand ich mich zu Hause, innerhalb weniger Minuten, wie mir schien. Doch es hatte weit länger gedauert, ich erinnerte mich daran, wie Lipka angeboten hatte, mich zu tragen, und Joza abgelehnt hatte.

Bevor wir Máneks Hütte erreichten, stieß der Himmel ein letztes Mal auf, und der Sturm war vorbei.

In der Küche war es warm, hell, still.

Es kam mir ganz natürlich vor, daß Lipka und der Hund verschwunden waren und an ihrer Stelle die alte Kräuterfrau aufgetaucht war.

Ich wollte Joza von meiner Vision erzählen – dem Bild der Jenseitslandschaft –, doch meine Stimmbänder waren zu trocken, ich mußte trinken. Lucka erriet es, wie ich im voraus wußte, und reichte mir eine Teetasse. Ich nahm einen Schluck und stellte fest, daß es Pflaumenschnaps war. Ich gab ein paar unbeschreibliche Laute von mir, trank noch einen Schluck und redete.

»Ich habe einen Sumpf gesehen und darin die Ruine eines Hauses.«

»Ja«, nickte Joza, »das war die alte Mühle.«

Ich wollte noch mehr trinken, aber Lucka nahm mir das Getränk weg. Sie gab mir ein anderes, diesmal war es wirklich Tee. Sie verabreichte mir die Flüssigkeit in kurzen Abständen.

Meine Haut gab sie augenblicklich ab. Von Kopf bis Fuß floß mir der Schweiß herunter.

Auf Luckas Anweisung zog Joza mich aus, setzte mich in einen Waschtrog mit lauwarmem Wasser und wusch mich vorsichtig mit einem Schwamm. Bei jedem Aufwimmern von mir verzog sich sein Gesicht.

»Ordentlich!« ermahnte ihn Lucka.

»Sie hat die Beine voller Dornen, Gevatterin.«

»Dann zieh sie heraus.«

Jozas Hände zitterten.

Lucka warf ihm ein Flanellhandtuch zu.

»Trockne sie ab und setz sie auf die Bank. Halt sie fest.« Sie begann sich selbst meines Körpers anzunehmen. Rupfte die Splitter heraus, meißelte kleine Steinchen aus mir, säuberte meine Wunden und verfuhr so mit mir, daß ich das Bewußtsein verlor. Ich nahm erst wieder wahr, daß ich im Bett lag, mit einem Kissen unter dem Rücken, und meine Gliedmaßen mit weißem Leinen umwickelt waren.

Ich schnappte das Wort Arzt auf.

»Nein«, schrie ich, »nein!«

Der Aufschrei riß mich aus meiner Lethargie.

»Nein, Joza, ich will nicht! Erlaube ihr das nicht!«

»Du hast fast vierzig Grad«, krächzte Lucka und schüttelte das Thermometer. Zur Ergänzung ihrer Worte begannen meine Zähne zu klappern.

»Das hat damit nichts zu tun«, sagte ich mit erstickter Stimme. »Joza, ich bin bei Sinnen! Das geht vorüber! Du weißt, daß ich das beurteilen kann! Du weißt, daß ich recht habe, Joza!«

Joza hatte sich bereits den Mantel angezogen, doch meine letzten Worte ließen ihn innehalten. Ich streckte meine Hand nach ihm aus. Als er sie automatisch ergriff, hängte ich mich mit aller Kraft an ihn.

»Das sind die Nerven! Wartet eine Stunde! Ich brauche nur eine Stunde Ruhe!«

Ich hielt ihn fest und glaubte, ihn im Griff zu haben. In Wirklichkeit hätte er sich aus meiner Umklammerung befreien können wie aus der Hand eines Säuglings. Er setzte sich zu mir, und ich legte mich zur Sicherheit mit der Hälfte meines Körpers auf ihn. Lucka wiegte sich im Korbsessel und kicherte.

»Vielleicht ist es so.« Sie blickte auf die Kuckucksuhr an der Wand. »Eine Stunde? Na gut.«

Joza bettete mich wieder auf das Kissen.

»Leg Holz nach und mach etwas zum Abendessen, ich habe Hunger«, kommandierte die alte Vettel, ohne sich selbst zu rühren.

Nach einer Stunde maß sie meine Temperatur und grinste mich an.

Noch ehe Joza das Essen fertig hatte, hatte Lucka eines ihrer scheußlichen Gebräue zusammengemixt.

Unbegreiflich, wie ich es trinken, zu Abend essen und einschlafen konnte.

14

Lungenentzündung, Blutvergiftung, Herzanfall, nichts davon drohte mir nach meinem Brombeermarsch. Dafür meldete sich unerwartet ein anderes Organ. Ich bekam eine Gallenkolik. Ich hatte früher schon kleine Anfälle gehabt, doch da war eine Heilkost ausreichend gewesen.

Diesmal erwischte es mich ordentlich. All meine Aufregungen, all die durchlebten Streßsituationen summierten sich. Ich verordnete mir einen heißen Tee und sagte Joza, ich hätte Magenweh.

Die Anfälle flauten nicht ab. Ich erbrach mich, daß mir die Äderchen in den Augen platzten und das Weiße blutig wurde. Der erschrockene Joza ging erneut das unerträgliche Weiblein mit den ironischen schönen Augen holen, die widerliche alte Hexe Lucka Vojničová. Ich warf ihm einen mordlüsternen Blick zu.

»Na was?« fragte mich die Alte fröhlich.

»Nichts. Lassen Sie mich schlafen.«

»Du hast nicht geschlafen.« Sie riß das Kissen unter mir weg und warf die Decke auf. »Leg dich gerade hin. Mach den Bauch locker.«

Ich versuchte aufzustehen.

»Lassen Sie mich in Ruhe.«

Sie drückte mich zurück und tastete mich ab – erstaunlich routiniert und mit unerwarteter Kraft. Sie drückte auf die richtige Weise und an der richtigen Stelle. Auf der anderen

Seite des Bauchs fuhr ein Messer durch mich hindurch. Ich verriet meinen Vorsatz und heulte auf.

»Die Galle«, verkündete sie unfehlbar. »Nach dem, wie du aussiehst, hast du da eine Entzündung oder eher Steine. Wie lange hast du das schon?«

»Den zweiten Tag«, log ich.

Sie schnitt eine ungläubige Grimasse.

»Ich geb dir erst einmal einen Tee«, entschied sie. »Zwei Eßlöffel auf einen Liter Wasser, du läßt den Siedepunkt verstreichen und trinkst ihn lauwarm. Fünfmal pro Tag, das heißt, auch nachts.« Sie reichte mir einen Beutel.

Weiter ließ sie sich nicht über mein Leiden aus, war aber einem Sliwowitz nicht abgeneigt.

Ich schwor mir, daß ich ihr Spülwasser nicht anrühren würde.

Am nächsten Tag saß sie mir schon wieder im Nacken.

»Du trinkst den Tee nicht«, konstatierte sie kalt.

»Doch.«

»Das stimmt nicht.«

»Wie wollen Sie das wissen?«

»Das rieche ich, Mädchen. Aus deinem Atem kommen mir nur Magensäfte entgegen.« In diesem Augenblick verfluchte ich sie. Ich haßte sie und fühlte mich nicht verpflichtet, gerecht zu ihr zu sein. Es war mir unerträglich, daß ich einer mittelalterlichen Seherin in die Klauen geraten war.

»Aber wie auch immer«, verkündete sie ohne eine Spur von Mitleid, »du kommst ohnehin unters Messer. Du bist kein Schißhase, das ist gut.« Sie grinste mir ins Gesicht.

Ich kochte vor Wut, obwohl ich keinen Grund dazu hatte. Die Alte amüsierte sich nicht auf meine Kosten. Sie sprach so gleichgültig, wie sie wohl mit jedem sprach, begleitete ihre Worte durch keinerlei Gesten. Sie verfuhr mit mir ohne persönliche Anteilnahme, mit einer Gewißheit, die keine

Diskussionen zuließ. Sie entschied über mich, als sei sie von einer höheren Macht dazu berufen, fällte endgültige Urteile, und ihre schlimmste Eigenschaft war, daß sie sich nicht irrte. Ich kam mir vor wie ein lebloser Gegenstand. Sie knüpfte keinen Kontakt mit mir, sprach mir eine Seele ab. Alles, was sich in meinem Innern zusammenbraute, offenbarte sich ihr früher als mir, sie wußte von vornherein, daß ich sie durch nichts, aber auch gar nichts überraschen konnte.

Später hatte ich Gelegenheit, Lucka besser kennenzulernen. Sie blieb dieselbe.

Im gefährlichen Rotieren der Welt war sie der ruhende, unverrückbare Pol – das Auge des Orkans.

Ich erinnerte mich, wie verstört die Schwestern im Krankenhaus nach ihrem Besuch gewesen waren.

Nicht, daß sie nicht zornig werden konnte. Sie wurde oft zornig. Doch ihr Zorn, ein furchteinflößender Zorn, war unpersönlich, wie losgelöst von ihr. Sie unterwarf sich ihm nicht. Sie erschreckte mit ihm die anderen und stimmte insgeheim höhnisch ihr widerwärtigstes Gelächter an.

Luckas Lachen – da gab es eine breite Palette. Es dauerte lange, bis ich mich ein wenig darin auskannte.

Sie zählte über siebzig Jahre, kletterte aber einen Hang hinauf wie ein junges Mädchen, und ihr klarer Blick, immer ein wenig spöttisch (so kam es mir wenigstens vor), zeigte keinerlei Anzeichen des Alters. Alkohol trank sie wie ein Mann. Jeder andere hätte in ihrem Alter eine verkommene Leber gehabt. Vermutlich war sie so gut beieinander, weil sie kein süßes Gesöff anrührte, niemand hätte gewagt, ihr etwas anderes als erstklassigen Schnaps anzubieten.

Hier wurde auf Teufel komm raus gebrannt, um irgendeine Genehmigung und die daraus resultierende Steuerabgabe scherte sich niemand. Viele wußten nicht einmal, daß es so etwas gab. Auch die, die nicht selbst brannten, wie Joza zum Beispiel, hatten eine Flasche für Gelegenheitsgäste zu Hause. Sie kauften sie beim Wirt. Er war sonst ein Gauner und Halsabschneider, aber dem Sliwowitz, seinem Stolz, widmete er sich mit Leib und Seele.

Kaum hatte ich den Besuch der Kräuterfrau verdaut, wurde ich schon wieder aus der Bahn geworfen, diesmal von Doktor Beníček. Er machte sich gar nicht erst die Mühe, mich zu untersuchen, sondern teilte mir mit, daß er in die Stadt fahre und mich ins Krankenhaus mitnehmen werde.

»Haben Sie keine Angst, Frau Jandová, in einer Woche sind Sie wieder zurück.«

Er bedachte mich mit einem professionellen Lächeln, dessen Leere und Verlogenheit mir nach Jahren des eigenen Praktizierens zum ersten Mal ins Auge sprang.

Vor Demütigung schossen mir die Tränen hervor.

Von dieser Seite hatte ich die Medizin noch nie betrachtet.

Beníček bemerkte meine feuchten Augen, und seine Stimme wurde auf unechte Weise süß.

»Nu nu, Frau Jandová, raffen Sie sich auf. Sie wollen doch nicht dauerhaft« – er suchte nach dem passenden Wort und gähnte fast dabei – »Beschwerden haben.«

Wie unendlich ich ihn langweilte und anödete!

»Ich danke Ihnen, Herr Doktor«, stammelte ich, »was muß ich mitnehmen?«

Sollte er sich freuen! Ich war ein vollendeter Patient und schlotterte, wie es sich gehörte.

»Seife und ein Handtuch. Ein Taschentuch. Alles Übrige erhalten Sie von uns.« Mit kühlem Blick maß er Joza. Er zögerte mit der Anrede.

»Sie können mit uns fahren, Herr Janda.« Herr Janda klang einen Hauch geringschätziger als das gewohnte Joza.

Ich lächelte meinem Mann ruhig zu, aufmunternd, verschwörerisch.

Der angespannte Ausdruck in seinem Gesicht zerschmolz.

Ich hatte eine Ambulanz erwartet, der persönliche Wagen des Doktors erniedrigte mich erneut. Auf der Fahrt besann ich mich eines andern. Ich hatte verstanden, daß Lucka selbst über ihn eine bewundernswerte Macht besaß.

Als viertes fuhr Žeňa mit. Sie stieg in Šádova Hut' auf dem Marktplatz aus. Sie dankte, und der Arzt gab ihr zum Abschied die Hand. Als er mich in der Krankenhaushalle zurückließ, gab er mir keine Hand.

»Haben Sie keine Angst, Frau Jandová.«

Er hatte vergessen, daß er mir das schon einmal im gleichen Ton gesagt hatte.

Er wandte sich Joza zu. »Ich muß etwas erledigen, dann hole ich Sie ab, Herr Janda.«

Die Untersuchungen vor der Operation verliefen reibungslos, nur ein Kardiologe brachte mich auf. Ein arroganter Flegel, der mich hätte kennenlernen sollen, wenn er unter mein Kommando geraten wäre. Ins Leere blickend nickte er wissend mit dem Kopf und saugte sich das Mittagessen aus den Zähnen. Ob ich ihn fragen sollte, wo er hingaffte?

»Ich werde Sie jetzt noch abhören, Frau Jandová. Einmal einatmen, Atem anhalten!«

Er tappte mit dem Stethoskop auf mir herum, Herrgott, ich könnte ihn schlagen!

Mir brach der Schweiß aus, so sehr mußte ich mich beherrschen. Ich fragte mich, wie er es mit seinem souveränen Tonfall fertigbrachte, »Frau Jandová« so auszusprechen wie »du Dorfliesel«.

Erfreut registrierte er meine vermeintlichen Ängste und fuhr mir mit der Hand über den feuchten Rücken.

»Das war ein Schreck, was?« aalte er sich. »Alles ist in Ordnung, Sie können sich wieder anziehen.«

Er saugte schnalzend ein Stückchen Fleisch hervor.

Wenn ich deinetwegen einen Infarkt kriege, du Rindvieh, wird Joza dir die Visage verbleuen!

Ich bat eine junge Schwester um ein Sedativum. Sie streichelte meine Hand, brachte mir jedoch nichts.

Am nächsten Tag wurde ich operiert, alles in allem eine ordentliche Arbeit. Als sie mich einschläferten, konnte ich mich nicht von der Vorstellung lösen, ich würde zwischen ihnen stehen, und die Bitternis schnürte mir die Kehle zu.

Im Krankensaal befand ich mich in der Gesellschaft von elf Frauen. Schonungslos informierten sie mich sogleich darüber, daß in meinem Bett eine Patientin an Krebs gestorben war. Weil ich mich nicht ausreichend darüber entsetzte, schilderten sie mir die Einzelheiten ihres Hinscheidens, besonders die letzte Nacht, in der sie ununterbrochen nach der Schwester gerufen hatte. Nicht einmal der Horror der letzten Nacht machte zu ihrem Bedauern Eindruck auf mich.

Als sie das Thema wechselten, erstarrte ich. Sie vertrauten einander die intimsten Dinge an, die sie wohl nicht einmal der eigenen Mutter beichten würden. Das Krankenhaus, in dem der Tod allgegenwärtig war und in dem die gemeinsamen Ängste sie für ein paar Tage lang miteinander verbanden, löste ihre Zungen, sie hatten das Bedürfnis, angehört zu werden.

Auf eine Weise erinnerte mich das an einen Beichtstuhl, auf eine andere fühlte ich mich wie in einer Garnison, von der aus man am nächsten Tag in den Kampf ziehen mußte.

Und noch etwas lernte ich. Genau wie in der Garnison wurden auch hier deftige Anekdoten erzählt. Nicht eine von ihnen würde ich mich vor meinem Mann zu wiederholen trauen.

Ich nahm keinen Anstoß daran, denn ich erfaßte die Atmosphäre. Hier war alles erlaubt.

Ich bemühte mich selbst, mit einem pikanten Arztwitz

einen Beitrag zu leisten. Slávek hatte sich in so etwas ausgekannt. Ich verdrängte die Erinnerung an unsere letzte Begegnung und legte los. Zwei Pathologen, denen eine frische Leiche gebracht wurde, bekamen mitten in der Arbeit schrecklichen Hunger und schnitten der Leiche den Magen auf, um zu sehen, was sie zu Abend gegessen hatte. Sie fanden Gulasch vor und machten sich mit Appetit daran. Es war noch warm.

Die Auswirkung meines Beitrags war triumphal. Eine der Patientinnen mußte sich übergeben.

Zweimal hatte ich auch Gelegenheit, meinen Beruf zur Geltung zu bringen. Das erste Mal, als eine Schwester die Krankenkost verwechselt hatte und einer Patientin mit Nierenentzündung ein Schnitzel brachte. Das andere Mal verursachte ich einen Skandal. Meine Bettnachbarin – eine Diabetikerin – war nahe daran, ins Koma zu fallen. Ich läutete nach der Schwester und bat sie um ein Stück Zucker. Ich wurde heftig angefahren. Sie wollte nichts ohne Arzt machen. Es blieb uns nichts übrig, als die Nachttische zu durchsuchen, denn kostbare Sekunden verstrichen. Wir fanden ein Hustenbonbon.

Als die Schwester mit dem Arzt ankam, war die Krise gebannt. Dieses Mal wurde ich vom Doktor zusammengestaucht.

»Was glauben Sie, wer Sie sind, Frau Jandová?!« schnaubte er. »Mischen Sie sich nicht in Dinge, von denen Sie nichts verstehen!«

Das hielt ich für einen gerechten Vorwurf und entschuldigte mich.

Er nahm es nicht zur Kenntnis. Er rauschte durch die Tür, ohne mir eine Absolution zu erteilen, und die Schwester, die sie hinter ihm zumachte, sah mich an wie ein gesättigter Werwolf.

Einen wirklichen Schock erlebte ich jedoch drei Tage nach meiner Operation. Wie aus dem Nichts tauchte neben meinem Bett eine Uniform auf.

»Frau Jandová? Hauptmann Peša.«

Vor Schreck bekam ich keine Antwort heraus, aber offensichtlich hatte er auch keine erwartet.

Er zog einen Stuhl heran, setzte sich langsam und fuhr leise fort.

»Wir haben gewisse Informationen über Sie erhalten.«

Er machte eine Pause und blickte mich lange an.

»Sie leben in Želary, nicht wahr? Ihr Mann arbeitet im Sägewerk.«

Ende. Sie hatten mich gefunden.

In meinen Ohren erklang das Getrampel der hohen Lederstiefel.

Aber Joza nicht! Joza weiß von nichts!

Beinahe hätte ich es ausgesprochen.

Ich mußte gespenstisch ausgesehen haben, denn er klopfte mir beschwichtigend auf die Hand.

»Beruhigen Sie sich.« Die beste Art, wie man jemanden zu Tode verstören kann – bei mir mußte er sich da nicht anstrengen. »Uns wurde gemeldet, daß sich bei der Operation Spuren von Gewalt auf Ihrem Körper fanden.«

Ich machte wohl ein außergewöhnlich idiotisches Gesicht, denn er fuhr sehr liebenswürdig fort. »Möchten Sie uns erzählen, was passiert ist? Bitte glauben Sie uns, daß wir Ihnen gerne helfen möchten.«

Ein Licht ging mir auf, und die Reaktion der Erleichterung veränderte mich so, daß er aufstand, den Arzt zu rufen.

»Nein, Herr Hauptmann«, konnte ich ihn gerade noch zurückhalten. »Setzen Sie sich, bitte … Ich hatte nicht verstanden, daß es um meine blauen Flecken und Kratzer geht.«

»Um Ihre Blutergüsse und Wunden«, korrigierte er mich in gedämpftem Ton, aber entschieden.

Ich strengte all meine Phantasie an, um mir eine annehmbare Geschichte auszudenken, denn die Wahrheit hätte er für eine jämmerliche Lüge gehalten.

»Vertrauen Sie uns, Frau Jandová. Sie müssen mir Ihre Probleme zwar nicht erzählen, aber ich rate Ihnen doch, es zu tun. Ihnen droht keine Gefahr, haben Sie keine Angst zu reden.«

»Ich habe keine Angst, Herr Hauptmann.« Ich sah, daß er meine zittrigen Finger beobachtete, und steckte sie unter die Decke. Die Aufregung machte es mir unmöglich, etwas zu erfinden. Wenigstens kurz würde ich mich fassen. »Ich bin die Böschung in den Bach hinuntergerutscht ... Wirklich. Nichts weiter.«

»Bestehen Sie darauf?«

Er wollte mir Zeit zum Nachdenken geben, aber ich antwortete sofort.

»Ja.«

»Gut, Frau Jandová«, sagte er traurig. »Falls Sie doch noch Ihre Meinung ändern sollten ...«, er legte ein Kärtchen vor mich hin, »dann lassen Sie es uns wissen. Wann immer das ist. Verstehen Sie mich?«

Mitfühlend lächelte er mich an und fuhr sich verlegen mit den Fingern durch den grauen Haarschopf.

»Ich verstehe, Herr Hauptmann. Ich danke Ihnen.«

Er stand auf und drückte mir die Hand. An der Tür drehte er sich noch einmal um.

»Meine Frau stammt aus Želary, Frau Jandová.«

Noch eine Stunde nach diesem erschöpfenden Gespräch konnte ich mich nicht beruhigen. Weil sie ein freies Bett brauchten, entließen sie mich am fünften Tag. Die vier Gallensteine nahm ich als Gastgeschenk mit.

Dieses Mal fuhr mich der Krankenwagen.

Als ich Joza sah – er hatte eine, vielleicht zwei Stunden lang von unserer Hütte nach mir ausgeschaut –, fing ich vor Freude an zu weinen.

Joza legte es als Nachwirkung meiner durchlittenen Strapazen aus und empfing mich mit einem verzweifelten Lächeln.

»Ich bin froh, daß ich wieder zu Hause bin, zum Heulen froh«, vertrieb ich seinen Kummer.

Der Küchentisch war übersät mit Leckereien und Geschenken. Das halbe Dorf hatte meine Operation als seine Angelegenheit betrachtet und hieß mich wie eine Verwandte willkommen.

Žeňas Aufmerksamkeit war wie immer außergewöhnlich. Es war ein Wandspiegel mit einem Spitzengeflecht aus Kupferdraht als Rahmen.

Ich heulte weiter, während mein Mann mir aus Kissen ein Ruhelager herrichtete. Um meine Füße wuselten Azor und die Kaninchen.

Durchs offene Fenster strömte die harzgesättigte Luft herein. Der Krankenhausgeruch verschwand nicht nur aus meiner Lunge, sondern auch aus meinem Sinn.

Am Abend tauchte Lucka auf. Auch sie hatte mir ein Geschenk mitgebracht. Außer dem erwarteten Säckchen Kräuter – neue Bundschuhe.

Ich wäre beinahe in Ohnmacht gefallen.

15

Joza war vom Sägewerk nach Hause gekommen, und ich saß am Küchenfenster und betrachtete den Apfelbaum, dessen Blätter schon die Farbe wechselten und abfielen. Sobald Wind aufkam, zogen bunte kleine Fetzen an der Scheibe vorüber.

Joza schnitzte mir einen Schöpflöffel. Er arbeitete langsam, gründlich und sauber. Meine Aufmerksamkeit verharrte nicht lange bei den Apfelbaumblättern. Ich wandte mich um und beobachtete seinen gebeugten Kopf.

Ein hölzerner Schöpflöffel.

Mein nichtiger, großartiger, realistischer Wunsch.

Schatzsucher begehen mit dem Blick in die Ferne einen verhängnisvollen Fehler. Dort ist der Ort des Verschwindens.

Meine Gedanken streiften unsere gegenseitige Liebe.

Liebe ist das am geringsten geachtete Wort im menschlichen Vokabular. Fast alles läßt sich so bezeichnen. Alle Begierden, selbstsüchtigen Angewohnheiten, Neid, sogar Haß und Arroganz.

Mein Verhältnis zu Joza verdiente eine genauere Untersuchung.

Es ließ sich nicht benennen. Jedenfalls nicht einfach. Es war Freundschaft, Zärtlichkeit, Mitgefühl, aber auch Angst und Verzweiflung.

Das alles war untrennbar miteinander verschweißt.

Früher hatte ich gedacht, daß etwas Vergleichbares zwischen mir und Richard bestehe, das war ein kindischer Irrtum. Jetzt wußte ich, wie kaltblütig Richard seine Emotionen kontrollierte und wie sparsam er sie einem zumaß.

Jeder begegnet im Leben jemandem, der ihn aus verschiedensten Gründen anzieht und mit dem er oder sie sich vorstellen kann – manchmal vorübergehend, manchmal dauerhafter –, ein Paar zu werden.

Als ich den schönen Pavel Juriga sah, männlich und offensichtlich auch liebenswürdig, rief das in mir die Erinnerung an frühere Verzauberungen wach, aber es zog keine Träumerei nach sich. Ich wäre geflohen, hätte ich ein einziges Wort gehört, eine einzige Geste erblickt, mit denen er sich mir als Gegenstand seiner Sehnsucht hätte nähern wollen.

Da war Joza.

Ohne Joza war ich ein Torso.

Meine Niederlage, meine Unterjochung. Gerade durch seine Unfähigkeit zu herrschen legte er mir Fesseln an.

Mein schlimmstes Ich flüsterte mir ein, daß er dafür gequält werden müßte.

Zumindest wenn er nach Hause kam. Kaum erblickte ich nämlich meinen schmutzigen, verschwitzten Mann, stieg unvermittelt eine hündische Freude in mir auf, und ich mußte etwas anderes tun, um nicht wie Azor auf ihn zuzuspringen und sofortige Aufmerksamkeit einzufordern. Jozas liebevoller Blick floß mir jedesmal durch die Adern wie ein Schluck Alkohol.

»Joza«, brachte ich kaum hörbar hervor.

Er unterbrach seine Arbeit und hob den Kopf.

»Schau dir mal die Blätter an.«

Er legte den Schöpflöffel beiseite und setzte sich neben mich.

Die Blätter kreisten nur für uns beide.

Wir sahen eine gute Stunde zu.

16

Žeňas Spiegel hängte ich zwischen den Fenstern auf. Jeder, der ins Zimmer trat, sah sich darin.

Das Material zu diesem Juwel hatte einen Spottpreis gekostet.

Das ewige Rätsel künstlerischen Schaffens.

In Želary war etwas erhalten geblieben, was anderswo schon lange verlorengegangen war. Hier wurden hohe bestickte Filzstiefel getragen, handgenähte Pelze und Lammfellmützen, hier arbeiteten Stickerinnen, Korbflechter, Töpfer, und quer durch die Gegend wanderten Drahtbinder, Kürschner, Lumpensammler, Glaser.

Ein paar sich selbst versorgende Klans hatten ein Dorf gebildet.

Die einzige Person, die zu niemandem gehörte und gleichzeitig zu allen, war Lucka Vojničová.

In Berghütten, in die sich die Gendarmen nur zu zweit wagten, weil sie befürchten mußten, ein Schnappmesser zwischen die Rippen zu kriegen, trat Lucka ohne Furcht und selbstverständlich ohne Einladung ein, und im Unterschied zu den Gendarmen erreichte sie, was sie wollte. Vielen Menschen half sie, manchen rettete sie das Leben. Dankesrituale lehnte sie schroff ab, deshalb dankten sie ihr nicht. In Wahrheit liebten sie sie auch nicht.

In einer Gegend, in der man an Zauber und Wunderdinge glaubte, stellte sie eine gefürchtete Kraft dar.

Mit niemandem ging sie zart um, die Vulgarität war nicht wegzudenkender Bestandteil ihrer Persönlichkeit. Je nach ihrer Wortwahl konnte man sich als Rotznase, Saukerl oder Schlampe wiederfinden, als Trampeltier, Grünschnabel, Zottel, Gammler, Aas, Schmutzliese, Saufhahn oder Hurenbock. Nur höchst selten und in äußerst kritischen Augenblicken bedachte sie jemanden mit dem freundlichen Wort Dummkopf. Mich nannte sie gelegentlich Hanule oder Mädel. Dadurch brachte sie mich jedesmal, auch wenn ich noch so dagegen ankämpfte, in Verzückung.

Als Ärztin war ich gezwungen gewesen, dem Sterben zuzusehen, und für diese Momente hatte ich mir einen Schutzwall zugelegt. Nie erreichte ich jedoch jene Kaltblütigkeit, jene Festigkeit oder jenen Gleichmut, die die Kräuterfrau von Želary bewahrte.

Ein bißchen konnte ich es verstehen. Zu den üblichen Vergnügungen hier gehörten Schlägereien, deren gut frequentierter Höhepunkt das samstägliche Scharmützel in Látals Kneipe war. Dort wurden ganze Löhne versoffen. Nach einer wilden Wüterei blieben blutbefleckte Bänke und zertrümmerte Stühle zurück. In der Tischlerwerkstätte der Sägerei, in der mein Mann arbeitete, hatten sie immer etwas zu tun.

Schon fünfjährige Jungen konnten mit dem Messer umgehen. Und ein Wilderergewehr gab es in jedem Haus.

Neben Lappalien wie ausgeschlagenen Zähnen oder einer gequetschten Kinnlade fügten sich die Männer im Prügelrausch selten ernsthaftere Verletzungen zu. Aber von Zeit zu Zeit kam es doch zu einer Tragödie.

Nicht lange nach meiner Ankunft wurde ein Sechzehnjähriger mit einem Bierglas erschlagen.

Dieses Mal trafen vier Gendarmen ein, aber der Fall verlief

im Sande. Es ließ sich nachweisen, daß im Unglücksmoment alle blau gewesen waren.

Lucka kümmerte sich nicht um die verletzten Saufbolde. Kneipenunfälle übernahm das Rote Kreuz, eine aufopferungsvolle Gruppe von Frauen, die von Anna Richtrová geleitet wurde, der Frau des Sägewerkbuchhalters, eines Quartalssäufers.

17

Mehrmals im Jahr fanden bei Látal Feste statt, zu denen auch Leute von außerhalb kamen. Neben den Lustbarkeiten zur Kirchweih waren es vor allem Faschings- und Hochzeitsfeste.

Joza nahm mich zum Fasching mit. Ich hatte mich darauf gefreut. Auf die Tänze, die Lieder und die Trachten der weiten Umgebung. Vor dem Wirtshaus zögerte ich jedoch. Durch die offene Tür drangen mir die verrückten Rhythmen der Vrtěná entgegen, wie man den wilden Tanz dieser Gegend nannte. Zimbel, Geige und dazu das Stampfen genagelter Schuhe.

Wir traten ein, und was ich erblickte, war Afrika.

Mir war auf den ersten Blick klar, daß mich zehn Minuten Vrtěná physisch erledigen würden.

Wir drückten uns zwischen die Zuschauenden auf der Bank an der Wand, also unter die gebrechlichen Alten, die sich nur durch Fußstampfen, Klatschen und Ausrufe an der allgemeinen Gaudi beteiligten.

Ich fuhr mir über die trockenen Lippen – und Joza drängte sich ins Gewühl, um Selters zu holen.

Obwohl ich mich in der Zwischenzeit duckte und jeglicher Aufmerksamkeit zu entgehen versuchte, hatte mich ein Bursche in Tracht entdeckt und legte mir eine Hand auf die Schulter, was eine höfliche Tanzaufforderung war. Sonst genügte ein Nicken oder Pfeifen.

Abzulehnen wäre eine tödliche Beleidigung.

Ich suchte verzweifelt meinen Mann mit den Augen, doch ehe ich mich zu einem Wort oder einer Geste des Protests durchringen konnte, zog mich der Tänzer mitten in den Reigen hinein. Ich war schon verschwitzt, bevor wir zu tanzen begonnen hatten, denn der Bursche stampfte eine Weile lang nur den Takt, während er mich an der Taille hielt.

Dann legte er los.

Meine Bemühungen beschränkten sich darauf, daß ich ihm auf die Füße trat, bis er mich hochhob und herumschwenkte, als wäre ich eine Stoffpuppe. Zur Abwechslung stieß ich mit meinen Schuhspitzen gegen sein Schienbein.

Ich hielt es für nötig, mich zu entschuldigen.

»Verzeihung, ich kann diese Tänze nicht.« Wieder trat ich gegen ihn. »Tut mir leid, daß ich Sie dauernd trete.«

Er lächelte breit und freundlich.

»Mach dir nichts draus, Mädel, ich bin auch betrunken.«

Als das Stück vorüber war, brachte er mich zu meinem Platz, er mußte mich stützen. Ich torkelte unter seiner Hand. Erstaunt sah er Joza an.

»Ich wußte nicht, daß sie deine ist«, entschuldigte er sich und patschte meinem Mann auf den Rücken, als bedanke er sich für die Ehre, die ich ihm durch meine Bearbeitung seiner polierten Stiefel erwiesen hatte.

Die Limonade trank ich in einem Zug leer.

Die Musik begann von neuem, diesmal röhrte dazu in prächtigem Tenor ein untersetzter Gebirgler, den sie den Schwangeren Mánek nannten. Es war der Sohn des alten Mánek, des früheren Besitzers unserer Hütte. Den Spitznamen hatte er erhalten, als er seine hochschwangere Frau zur Arbeit getrieben hatte und Lucka ihn anbrüllte: »Wirst du gebären oder Pepina?!«

Ich hatte mit Schrecken abgewartet, was sie sich für mich

ausdenken würden, doch die Götter waren barmherzig mit mir.

Sie hatten angefangen, mich Jozas Hanule zu nennen.

Eine weitere Hand berührte meine Schulter. Joza fegte sie wortlos beiseite. Ich hielt den Atem an. Noch eine Sekunde, und es würde eine Schlägerei geben.

Es gab keine. Der abgewiesene Kandidat war noch nicht ausreichend betrunken, weshalb er fähig war, seine Chancen abzuwägen. Er ergriff die Hand eines Mädchens in Tracht und gab mit ihr rasende Pirouetten zum besten.

Ich fragte Joza, ob wir gehen könnten.

Auf dem Weg nach Hause – ich hielt mich an seiner Hand fest – fühlte ich, wie sehr er es bedauerte, daß ich mich nicht amüsiert hatte.

Wir schritten schweigend durch die eiskalte Nacht, der Wind peitschte unsere Wangen. Der Rhythmus des Tanzes und die Worte eines der Lieder begleiteten uns:

»Wo ich allein geh,
nur Berg, Tal und Grund,
wo ich mit dem Liebsten geh,
sind die Wege bunt.«

Die Stimme des Flusses, die rauschenden Zweige, der pulsierende Himmel, alles wurde von der zudringlichen Melodie hin und her geworfen. Mir stiegen Tränen in die Augen.

Und es kam nicht vom Wind.

»Bei Juriga ist noch Licht«, sagte Joza. »Willst du dir das Kalb ansehen?« Ich nickte – und wir schlugen eine andere Richtung ein.

18

An Tanzveranstaltungen nahmen wir nicht mehr teil, Theateraufführungen hingegen ließen wir keine einzige aus. In Želary residierte ein berühmter Kunstverein. Ihn leitete der von hier stammende Aushilfslehrer Honza, Harlekin genannt. Ein gottbegnadeter Regisseur, Schauspieler und Organisationstalent. Er hatte es fertiggebracht, eine Gruppe begeisterter, aber vor allem aktiver Mitarbeiter um sich zu scharen. Einer von ihnen war Joza. Er fertigte Kulissen an und stellte sie auf, rasselte hinter der Bühne mit einer Kette, und hier und da huschte er sogar über die Bühne in der Statistenrolle eines Dieners oder Knappen.

Harlekins unschätzbare Helferin war Žeňa. Ausstattung, Kostüme, Maske, dies alles lag auf ihren Schultern. Aus altem Trödel, bunten Lumpen, Tüchern, Bändern, aus Papier, Klebstoff, Kisten, Schachteln, Brettern und Stroh zauberte sie königliche Paläste, höllische Unterwelten, Bauernhütten. Auch vortreffliche Schauspieler standen zur Verfügung. Unter ihnen zwei glänzende Stimmen: die des Schwangeren Mánek und die von Hedvička Vlkošová, Honzas Frau.

Meistens wurden Märchen gespielt. In ihnen flüchteten sich die Bergbewohner in ihre geheimen, unerfüllten Träume. Ich kannte sie nicht, sie stammten aus hiesigen Quellen. Honza bearbeitete sie dramatisch und brachte auch Lieder der Gegend mit ein. Am meisten entzückte mich das Märchen von der Herbstmaid. Ein eigentümliches Märchen. Die

Herbstmaid bestand drei Prüfungen nicht, die ihre Herrin für sie ausgerichtet hatte, und erfüllte drei Aufgaben nicht.

Das erste Mal mißachtete sie das Verbot, das Haus zu verlassen, und lief hinaus, einen Piepmatz zu retten, der aus dem Nest gefallen war. Das zweite Mal durfte sie einen Honigtopf nicht auf dem Boden abstellen und tat es doch, um einem Ertrinkenden zu Hilfe zu eilen. Bei der dritten und letzten Prüfung brach sie ihr Schweigegelübde und widerlegte mit dem Aussprechen der Wahrheit eine infame Lüge. Die Herrin warf sie hinaus und gab ihr als höhnische Belohnung einen Korb voller Herbstlaub mit auf den Weg. Die Herbstmaid trug ihren Lohn demütig zurück ins Elternhaus. Sie fiel ihrer Mutter in die Arme und fing an zu weinen.

Die Nachbarinnen kamen herbei, um sie zu begrüßen. Eine griff in den Korb hinein und fischte eine Handvoll Gold heraus.

Der letzte Satz in der Geschichte ist die erstaunte Frage der Herbstmaid: »Aber wofür, Mutter, wofür?«

Die Herrin im Märchen spielte die lokale Schönheit, die reiche Eigentümerin des Sägewerks, Žeňas Schwester Jitka. Sie spielte erbärmlich, doch ihre Erscheinung war faszinierend. Es stand außer Frage, daß Honza ihr in jedem Stück eine Rolle anbot, die ihrer Position und ihren äußeren Reizen entsprach. Das Sägewerk stellte nämlich für den Theaterkreis einen großzügigen Gönner dar.

Jitka trug selbstverständlich das schönste Kostüm. Es war nicht aus den Resten zusammengeflickt, die die hiesigen Näherinnen beisteuerten, sondern wurde nach Žeňas Entwurf im Luxussalon von Šádova Hut' genäht. Jitka bezahlte es selbst. Bei ihren Auftritten überquerte sie mit langen, anmutigen Schritten die Bühne, was der einzige Vorzug ihrer Darbietung war. Sie sprach im übrigen affektiert, und Honza wurde darüber fast wahnsinnig. Er tat sein Möglichstes, ihre

Texte zusammenzukürzen und nur ihre Erscheinung wirken zu lassen. Das brachte ihr Ovationen ein.

Wenn sie nur einen Funken Talent hätte, sagte Harlekin verzweifelt, würde aus ihr eine zweite Andula Sedláčková werden.

Joza und ich saßen in dem übervollen Saal an der Wand, von wo ich nicht nur die Bühne, sondern auch das Publikum beobachten konnte. Ich sah, wie der Regisseur aus Želary mit den Zuschauern machte, was er wollte. Sie lachten, weinten, bekamen vor Aufregung rote Gesichter, hielten den Atem an, ballten die Fäuste.

Rühre sie, schoß es mir durch den Kopf, rühre sie, und sie gehören dir. Wie einfach das ist.

Die trüben Realitäten des Alltags machten mir jedoch klar, wie überaus schwer es war.

Die Zuschauer aus den Hochwäldern an der Grenze waren hier und da sogar verlaust oder stanken vor Schmutz. Die Frauen hatten entweder die Last der Pflichten nicht tragen können, oder ihnen war alles egal.

Oft redete ich mit meinem Mann darüber, und während dieser Gespräche sammelte ich verborgene Details aus seiner eigenen Kindheit. Ich kitzelte ungewollte Bekenntnisse aus ihm heraus, bis ich den Leidensweg vor Augen hatte, den er als angespucktes uneheliches Kind einer Magd vom Bauernhof durchgemacht hatte.

»Wehr dich nicht«, hatte ihm seine Mutter gesagt, »du bist stark, du könntest jemanden verletzen.«

Und er gehorchte ihr.

Ihretwegen schlug er sich nie und beschwerte sich nicht.

Er nahm alles als sein Los an.

So sah die Wirklichkeit aus, die er mir in seinem Krankenhausbett so poetisch geschildert hatte. Doch eine seiner Erinnerungen war ganz bestimmt wahrhaftig. Die Gestalt

Metodějka Jandovás, seiner freundlichen, liebenden Mutter. Alle Prinzessinnen und Feen aus seinen Märchen hatten leuchtende graublaue Augen und kräftiges braunes Haar.

Joza war ein Mann und weit entfernt davon, schön zu sein. Diese Augen und Haare hatte er jedoch geerbt.

Den Erlös vom Theaterspielen widmete Honza den Kindern. Er fuhr mit ihnen in eine Stadt, wo sie zum ersten Mal Straßenbahnen und hohe Häuser sahen. Manche fuhren zum ersten Mal mit dem Zug. Um den Hals trugen sie ein kleines Schild mit dem Namen ihres Heimatdorfs sowie dem Treffpunkt und der Uhrzeit der letzten Zusammenkunft vor dem Bahnhof. In den unübersichtlichen Straßen gingen regelmäßig welche verloren, und gleich mehrere von ihnen wurden von Schutzmännern zum Zug gebracht. Auf diesen Ausflügen halfen Joza und ich als Begleiter, doch die Kinder gingen trotzdem verloren.

Es war für mich ein außerordentliches Erlebnis. Die Stadt, in der ich mein ganzes Leben verbracht hatte, kam mir wie eine Falle vor. Ich sah die blutroten Bekanntmachungen an den Wänden und begegnete der Vergangenheit.

Die Totenstille der abendlichen Straßen. Die blindgewordenen Fenster. Die Luftschutzräume. Die Vorstufe einer geplanten Hölle, auf deren gottlosem Altar das Hakenkreuz thronte.

Wenn ich mich umschaute, wurde mir klar, daß den meisten, die an mir vorübergingen, gar nicht bewußt war – so wie einst auch mir –, daß sie zur Liquidation bestimmt waren.

Und noch etwas nahm ich deutlich wahr. Daß ich nicht zurückwollte. Mein Leben würde ich mit Joza verbringen. Wäre ich ihm nicht begegnet, Großmutter, ich hätte nie das Geheimnis der alten Eheleute begriffen, die ein Leben miteinander verbracht haben und am Ende des Wegs Seite an Seite das gemeinsame Grab wählen.

Ich konnte es mir nicht verkneifen, am Krankenhaus vorbeizugehen.

Ich zog mir das Kopftuch enger, um soviel wie möglich von meinem Gesicht zu verbergen.

Nur dank Jozas fester Hand hielt ich mich auf den Beinen.

Zum Kaunicer Wohnheim wagte ich mich nicht hin.

Vom Besuch meiner Heimatstadt nahm ich außer einem mehrtägigen brennenden Erregungszustand auch den neuesten politischen Witz mit nach Hause: »Die tschechische Frau ist glücklich, daß sie eine Frau ist. Die deutsche Frau weiß noch nicht, daß sie eine Frau ist.«

Weit im Osten war der Kampf um Stalingrad zu Ende gegangen.

19

Durch Žeňas Verdienst wurde ich schöner in Želary. Kaum waren mir die Haare ein wenig länger gewachsen, kämmte sie sie mir auf eine findige Weise so zurecht, daß sie weich mein Gesicht umrahmten und hinten zu einem Knoten gedreht waren, der mit einer Art verziertem Metallkamm geschmückt wurde. Der Kamm war kein echter, in Wirklichkeit war es eine Spange, die die Frisur zusammenhielt. Es bedeutete einige Mühe, bis ich mich selbst so zu frisieren lernte, daß mir der Blick in den Spiegel schmeichelte. Auch die Blicke der Männer von Želary schmeichelten mir.

Man konnte nicht behaupten, daß sich zwischen mir und Žeňa eine Freundschaft entwickelt hätte, obwohl wir uns fortwährend besuchten, genauer gesagt ich fortwährend ihren Rat und ihre Hilfe brauchte. Beides gewährte sie mir bereitwillig, wenn sie auch vertraulichen Gesprächen auswich. Ich wußte nur, daß sie verwitwet war und Jiřinka nicht ihre eigene Tochter war. Witwen hatten es hier nicht einfach. Meistens sahen sie zu, daß sie sich wieder verheirateten, doch kam seinerseits nur ein Witwer in Betracht, der eine Hausfrau suchte.

Ihr Erfindungsgeist war immer schneller als ihre geschickten Hände. Wie im Fieber jagte sie ihrer Vorstellung hinterher. Nie sah ich sie ausruhen. Wenn Joza, Lucka und ich einen langen Abend bei ihr saßen, weil man von ihrer Hütte aus eine märchenhafte Aussicht hatte, erholte sie sich, indem sie schweigend in die Landschaft sah und mit den Stricknadeln klapperte.

Lucka war ihr auf eine besondere Weise zugetan wie niemandem sonst. Angeblich schon seit ihrer Kindheit.

Bei Žeňa begegnete ich manchmal auch Doktor Beníček. Er kam wegen der bläßlichen Jiřinka dort vorbei, dem Kind einer tuberkulösen Mutter, die bei der Geburt gestorben war. Er gab sich alle Mühe mit ihr. Jiřinkas Gesundheit war eine Frage seiner Standesehre.

Außerdem war Lucka ihm eine Freundin geworden. Er verbarg nicht, wieviel er von ihr hinzugelernt hatte.

Die Gäste im Pazdera-Wiesengrund bekamen nur fleischloses Essen vorgesetzt, Žeňa war Vegetarierin. Man hielt es für eine kauzige Marotte von ihr, doch sie kümmerte sich nicht um die Meinung anderer, und vielleicht lag gerade darin der Schlüssel zu ihrer Verbundenheit mit Lucka. Wie sie folgte sie ihrem eigenen Kopf, und ihre einzige Reaktion auf gesellschaftlichen Druck war ihr Grübchenlächeln.

Den ungeschriebenen Gesetzen der Gegend fügte sie sich zwar, doch sie nahm sie wahr wie den Wind, der ihr die Haare zerzauste.

Ich versuchte, zu der Žeňa hinter den Grübchen durchzudringen. Jemand, der geheimnisvoll war, obwohl er nichts zu verbergen hatte, provozierte mich.

Daß man sie nicht beeinflussen konnte, damit hatte ich mich abgefunden. Es verwirrte, ärgerte und reizte mich, daß sie keine Anstrengungen machte, ihre Weltsicht mitzuteilen, keine einzige Meinung preisgab, und dann doch in deren Sinne handelte, und das konsequent – was für die meisten ihrer Bekannten, mich eingeschlossen, überraschend war.

Ich hatte das unangenehme Gefühl, ihr zu unterliegen.

Mir fiel auf, daß sie im Regal – einem ähnlichen wie dem von Joza – ein paar Bücher stehen hatte.

»Darf ich mal schauen?«

»Sicher.«

Ich nahm den mächtigen Band von ›Brehms Tierleben‹ heraus, legte ihn auf den Tisch und begann, darin zu blättern.

Das Buch war alt, verblichen.

»Ich habe es auf dem Dachboden der Schule gefunden«, teilte mir Žeňa mit.

»Aha!«

Ich guckte mir die bekannten Bilder an.

»Ich habe es auch. Meine Großmutter hat es mir geschenkt.«

Mir schien, als hätten wir uns damit – mit zwei Sätzen – genug gesagt.

Doch es sollte noch mehr kommen.

Die schneeweiße Mieze sprang auf den Tisch, und als ich umblätterte, fuhr sie mit ihren Krallen über die Seite. Das mürbe Papier bekam einen Riß.

»Entschuldigen Sie.«

»Macht nichts, das läßt sich kleben.« Žeňa stand an der Herdplatte mit dem Rücken zu mir, das Kratzen konnte sie nur per Gehör wahrgenommen haben.

Die Katze streckte sich erneut nach der geschändeten Seite aus, und als ich ihr eins auf die Pfote gab, setzte sie sich hin und begann, sich zu putzen. Sie tat, als wäre nichts gewesen.

Ich griff nach ihrer Nackenhaut, um sie auf den Boden zu werfen.

Sie reckte sich unter meiner Hand, weil sie eine Liebkosung erwartete.

In diesem Moment drehte sich Žeňa um.

Meine Hand begann – wie von selbst –, scheinheilig die Katze zu streicheln.

Es war ein sogenannter »unbewachter Augenblick«.

Sofort schalt ich mich dafür.

Während Schneeweißchen sich gegen meine Hand schmiegte, nahm ihr Frauchen eine kleine Holzschachtel vom Regal, hob den Deckel ab, übertrug mit einem winzigen Pinselchen etwas Klebstoff auf das Papier, glättete die angerissene Stelle und beschwerte sie mit einem kleinen Topf.

Das Ganze dauerte keine zwei Minuten.

»Ein hübsches Schächtelchen«, warf ich in den Raum. Ich versuchte davon abzulenken, daß ich immer noch über die seidigen Härchen strich, die unter meinen Fingern knisterten.

Ich erwartete keinerlei Antwort. Vielleicht zwei Grübchen.

Žeňa hatte jedoch – ganz gegen ihre Gewohnheit – etwas zu sagen. Vielleicht hatte es lange in ihr gegärt, und sie mußte sich jemandem anvertrauen. Oder sie hatte gerade mich dazu ausersehen. In jedem Fall bereitete sie mir eine ungeahnte Überraschung.

Sie tastete erneut nach etwas im Regal.

Die Modezeitschrift, die sie vor mir aufschlug, stammte wahrscheinlich aus der Zeit, in der sie in Šádova Hut' gearbeitet hatte.

»Schauen Sie sich das an!«

Eine Modenschau mit teuren Pelzmänteln.

Ich streichelte die Katze, und ein Zusammenhang kam mir überhaupt nicht in den Sinn. Fragezeichen standen in meinen Augen.

Vermutlich hatte sie es mit dem Vertrauen bereits übertrieben, das sie voreilig zu mir gefaßt hatte.

»An Tieren ist ein Pelz herrlich«, raffte sie sich zu einer Erklärung auf und warf einen Blick auf Schneeweißchen. »Und hier«, sie berührte die Fotografie mit dem Finger, »am Menschen ist es ein elender Kadaver.« Sie zuckte mit den Schultern. »Nichts anderes. Da können sich die Schneider noch so sehr anstrengen. Sehen Sie es?«

In meinem Kopf klickte es. Vor zwei Jahren hatte ich mir einen Kadaver gekauft. Mein Gott!

Žeňas unfehlbare Augen.

Jetzt sah auch ich es!

20

Als Joza es in der Sägerei einmal mit zwei halbwüchsigen Burschen zu tun bekam, verpaßte einer von ihnen ihm einen Schnitt in den Arm, der bis auf den Knochen ging. Die stark blutende Wunde hielt Lipka so lange mit den Fingern beider Hände zu, bis Lucka erschien und sie mit zwei Wäscheklammern zusammendrückte. Sie setzten Joza in einen Laster und brausten los zum Doktor. Unterwegs gabelten sie mich auf.

Ich bemerkte, daß Lipka mich von hinten stützte, er war überzeugt, ich würde ohnmächtig werden. Im rüttelnden Wagen besah ich mir die Verletzung, bewegte Jozas Finger, überzeugte mich von der Qualität der Notbehandlung. In Luckas Augen zeigten sich Funken von Heiterkeit.

»Es ist ein sauberer, schöner Schnitt«, sagte sie befriedigt. Sie sprach von Jozas Muskel wie von einem Stück Rindfleisch.

In der Praxis von Dokor Beníček empfing uns eine Schwester, der Doktor werde erst in einer Stunde wiederkommen.

»Ich nähe es selbst«, beschloß ich.

Davon wollte die Schwester nichts hören.

»Quatsch nicht, sondern schleich dich«, machte Lucka ihr Beine. Aus irgendeinem Grund erinnerte mich das Funkeln in ihren Augen an Wunderkerzen. Die Schwester gehorchte eingeschüchtert.

Als ich die Wunde nähte, sahen mir zwei Augenpaare zu. Nur eines davon jedoch war zu Tode erschrocken.

Wir kehrten mit demselben Lieferwagen zurück.

Endlich kam ich dazu, die wesentliche Frage zu stellen, und ich erfuhr, was geschehen war. Joza hatte sich mit zwei jungen Kerlen angelegt, die sich einen Spaß daraus machten, Mäuse zu fangen und ihnen die Haut abzuziehen.

Beide traf ich noch am gleichen Tag, denn der Wagen mußte zum Sägewerk zurückgebracht werden. Ich bat Lipka, mir denjenigen zu zeigen, der zugestochen hatte. Ich stellte mich vor ihm hin und sah ihm schweigend in die Augen, vielleicht eine ganze Minute, bis er einen Schritt zurückwich.

»Er hat mir den Kiefer geprellt«, schrie er wütend, weil ihn mein Schweigen und das der anderen, die drum herum standen, demütigten. »Dieser Mäuserich!« spuckte er als Dreingabe aus.

»Wenn er dir den Kiefer geprellt hat, werde ich ihn dir wieder zurechtrücken«, sagte ich eisig, obwohl ich innerlich kochte, und weil die Lava herausmußte, schlug ich ihm mit aller Kraft ins Gesicht, daß er taumelte und mit beiden Händen den Boden berührte.

Augenblicklich stellte sich Lipka mit einem Messer in der Hand vor mich.

Der Junge klappte seinen besabberten Mund zu und zog sich zurück.

Lucka gluckste vor Freude.

»Was bist du für eine?« fragte sie auf dem Rückweg. Dabei schlug sie mir anerkennend auf den Rücken, daß mir fast die Luft wegblieb.

Ich hatte nichts zu verheimlichen.

»Eine Ärztin auf der Flucht, Frau Vojničová.«

In Luckas leuchtenden Augen zitterte das Lachen wie ein Schmetterling im Netz. Sie begleitete mich zur Hütte des alten Mánek und kam auf einen Sliwowitz mit herein. Als sie ausgetrunken hatte, verkündete sie wie eine verabredete Sache: »Du wirst mich zu den Geburten begleiten.«

So wurde ich Luckas Assistentin. Aus ihren praktischen Erfahrungen schöpfte ich mehr, als mir die Universität und ein kurzes Praktikum auf der Geburtenabteilung je gegeben hatten.

Ich lernte das Leben von seiner rauhesten Seite kennen. Trotz meiner Proteste – und zu Luckas unbegreiflicher Gleichgültigkeit – wurden einige der hiesigen Frauen nach der Niederkunft in die Arbeit eingespannt. Am wenigsten Mitleid mit ihnen bewiesen in der Regel die Schwiegermütter. Sie ließen keine Gelegenheit aus, von sich selbst als nachahmenswertem Beispiel zu sprechen.

Bis zu einem gewissen Grad versöhnte ich mich mit dem Zynismus der alten Frau. Er war der harte Kern ihres inneren Gleichgewichts – und vielleicht auch ihrer Weisheit.

Geld bekamen wir nicht. Die Armen bewirteten uns mit Pflaumenschnaps, den ich nach einem einzigen Schluck bis in die Zehen hinein spürte, von den Reichen nahmen wir ein Gastgeschenk mit: hausgemachtes Rauchfleisch, Eier, Speck, Butter, Obstkuchen.

Meine Ausbildung bedeutete nichts. Erst hier erhielt ich die notwendigen Lektionen. Ich sah halbleere Hütten, deren Einrichtung stumpfsinnige Rohlinge buchstäblich verzecht hatten, unterernährte, verbleute Kinder, bucklige Greisinnen, aber auch abgearbeitete Männer, Opfer weiblicher Genußsucht und Habgier. Ich traf auf bestürzende Rückständigkeit, abartige Selbstsucht, sinnlosen Geiz – und auf der anderen Seite engelhafte Demut, Bescheidenheit, Tapferkeit und Liebe.

Die Welt der menschlichen Seele mit ihren zwei unversöhnlichen Polen drehte sich hier wie ein Mühlrad.

»Warum gibt es unter den Leuten soviel Böses!« seufzte ich. Es war keine Frage.

Lucka antwortete jedoch.

»Weil sie nicht zu leben verstehen.«

Das Verdikt wühlte mich auf und verwirrte mich. Ich knackte daran wie an einem Kryptogramm.

Verstand ich es, zu leben?

Wir traten ins Haus der alten Vaňková, die im Sterben lag. Bei ihr saß der Priester von Želary. Er hielt ihre kälter werdenden Hände in den seinen, nahm das irdische Gewicht von ihnen, sprach leise Worte, mit denen er die reumütige Seele still zum anderen Ufer hinüberführte. Die abgehärmte Berglerin lächelte.

Der betrunkene Vaňek schlurfte durch die Diele. Lucka stieß ihn beiseite, weil er ihr den Weg versperrte.

Immer, wenn eine schwere Krankheit oder der Tod in die Berghütten kam, zögerte der Pfarrer nicht, sich mitten in der Nacht anzuziehen und die steilen Hügel hinaufzusteigen, zu denen keinerlei Weg führte.

Er wurde auch von Nichtkatholiken gerufen. Seine Anwesenheit heilte, besänftigte, vertrieb böse Geister. Der evangelische Pastor besaß diese Macht nicht.

Lucka war wie ich nicht gläubig. Dennoch bestand zwischen ihr und dem Priester ein unzertrennliches Band. Sie trafen sich an den Krankenlagern wie vor dem Altar.

Die Seherin und der Priester führten häufige, lange, unglaubliche Gespräche. Sie verstanden sich restlos, auch wenn jeder eine andere Sprache sprach.

Bei Hochzeiten gingen auch Joza und ich in die Kirche. Er aus Frömmigkeit, ich, weil ich mich für die Predigten begeisterte.

Der Priester sprach klar, verständlich, er enthüllte das Geheimnis der Evangelien wie ein verhängtes Bild.

Die Bibel war für ihn eine Anweisung zur Tat.

Die Gebirgler sündigten wie alle anderen auch, die Gegend war von Laster durchdrungen, kein einziges der göttlichen Gebote wurde geehrt.

Im Unglück jedoch fielen sie auf die Knie und wehklagten zum Herrn.

Die vertrauten Gebete, das vertraute Ritual waren ihnen eine Lebensstütze. In heidnischer Götzendienerei bewahrten sie wie andere Menschen auch Symbole, kleine Statuen, Bilder, Rosenkränze zu Hause auf und wandten sich ihnen mit geheimen Sorgen, oft in letzter Hoffnung zu.

Der Priester verstand dies.

An menschliche Schwächen trat er mit freundlichem Mitgefühl heran, als würde ihm das Maß der eigenen Sünden nicht die Pose eines Tadlers erlauben.

Ich starrte ihn mit großen Augen an. Diesen scheinbar wehrlosen Tröster und Hirten, den ich Schmerz und Tod mit der Kraft einer alles verzeihenden Liebe überwinden sah, an die ich nicht geglaubt hatte.

Bisher war sie für mich immer mit dem gedämpften Murmeln von Phrasen verschwommen. Ich hatte nicht geahnt, daß sie lebendig war und Wunder bewirken konnte.

Woanders als in Želary wäre ein Priester, der mit dieser apostolischen Schlichtheit die Dinge bei ihrem Namen nannte, längst im Konzentrationslager gelandet oder exkommuniziert worden, je nachdem, welche Macht ihn zuerst gefaßt hätte.

Es kommt vor – das lehrt uns die Geschichte –, daß die Verkünder hehrer, aber anspruchsvoller Grundsätze manchmal und ihre Epigonen immer für sich selbst ein Hintertürchen in Form ihrer »Ausnahmestellung« offenlassen.

Der Priester von Želary lebte, was er verkündete.

Mit überwältigender Einfachheit.

Vergeblich suchte ich in meinem Innern nach Quellen, denen etwas Vergleichbares entspringen könnte. Die Worte des Priesters besaßen auch einen unzweideutigen politischen Charakter. Er sprach laut und ohne Hemmungen aus, was andernorts nur geflüstert wurde, während man sich verstohlen umsah.

Über die Grenze drangen Nachrichten von Partisanen, die in den Wäldern aufgetaucht seien. Heißblütige junge Männer schlossen sich ihnen an.

Es verbreitete sich das Gerücht, daß eine unabhängige tschechoslowakische Brigade am Dukla-Paß kämpfte.

Im Protektorat Böhmen und Mähren wurde fieberhaft hingerichtet.

21

Für Joza bedeutete unsere Ehe genauso einen Umbruch wie für mich. Er mußte sich an die Situation des verheirateten Mannes gewöhnen, der anstelle des ihm vom Schicksal bestimmten Ziegenstalls ein eigenes Haus bewohnte.

Das Bergdorf hatte ihn nackt kennengelernt.

Es brachte ihn sichtlich in Verlegenheit, daß ihn die Gören nun mit Onkel anredeten.

Wie alle anderen hatte er seine Träume geträumt, aber sicherlich hatte er in keinem von ihnen an das zu denken gewagt, was ihm der Zufall möglich machte und einem Prinzen vorbehalten war.

An feuchtkalten Abenden, wenn wegen heftigen Winds oder Regens nicht an einen Spaziergang zu denken war, saßen Joza und ich unter der Petroleumlampe, jeder mit irgendeiner Bastelei zugange. Meist schwiegen wir, es genügte uns zusammenzusein, und falls wir das Bedürfnis nach Worten verspürten, brachten wir mit einem verrückten Dialog Bewegung in die Behaglichkeit. Mit dem unvergeßlichen Studentennonsens. Einem lieben Überbleibsel.

Ich fing damit an.

»Ich glaube, Joza, ich werde dir ein Ohr abschneiden. Du hast zwei, und diese Symmetrie geht mir auf die Nerven.«

»Tu das«, sagte er ebenso ruhig wie ich, ohne den Kopf von seiner Arbeit zu heben.

»Jetzt hab ich dich durchschaut. Du willst mir den Ehemann verstümmeln. Dafür werde ich dich erwürgen.«

»Nur zu«, pflichtete er mir bei.

»Mich kannst du nicht provozieren. Wenn du erwürgt werden magst, erwürg dich selbst. Aber stell dich darauf ein, daß ich dich dafür abknallen werde.«

»Das ist mir recht. Es langweilt mich eh, zum Mähen zu gehen.«

»Heute nacht rauben wir die Post von Šádova Hut' aus. Ich schau mich schon mal nach einem schwarzen Strumpf um.«

»Ein normaler tut es auch. Nachts ist es dunkel.«

»Aber was machen wir, Joza, wenn die Post geschlossen hat. Wir haben keinen Schlüssel ... Mein Gott, auf der Herdplatte heult etwas! Hau einen Nagel in die Tür. Wenn mir das Abendessen anbrennt, werde ich mich aufhängen.«

»Der Nagel ist noch vom letzten Mal da.«

Die haltlosen Quatschorgien besaßen für uns noch eine weitere Dimension. Wir kamen uns bis an die Grenze des Möglichen näher.

Slávek und ich gehörten zu der Generation, die den Studentenulk entwickelt hatte. Joza überraschte mich dadurch, wie schnell er das Spiel begriff. Ich ließ keine Gelegenheit aus, ihm die Hände um den Hals zu legen. Es genügte, daß er mich umarmte, seine Stirn an meine drückte und zu mir sagte: »Hanulka.« An meinem pubertären Verhalten war am merkwürdigsten, daß es sich um meinen Mann handelte.

Auf der Kirchweih ließ ich aus reiner Sentimentalität ein Foto von Joza machen. Es sah gestellt aus, als würde er nicht ins Objektiv blicken, sondern ins Antlitz der Medusa starren. Sein Porträt war ein Beweis dafür, wie sehr man sich selbst unähnlich sein kann. Trotzdem kostete es fünf Kronen.

Ich warf es in die Schlucht.

22

Wenn wir sehr hoch hinaufstiegen, in die von menschlichen Spuren unberührten Felsspalten, konnten wir kaum die Erde unter der dunklen Decke ahnen. Wir hatten kein Zuhause, keine Namen. Wir hatten nur scheue Verwunderung und die Stille, die rauschende Stille, die vom Wind zerrissen wurde wie eine brüchige Leinwand. In diesen durchsichtigen Höhen erlebte ich einen Augenblick, der sich allem entzog, was ich bisher kennengelernt hatte.

Unter uns lag die grüne Schlucht, über uns nur noch der Himmel. Oben sahen wir Nester, in denen es zwitscherte, Raubvogelnester, von unten ragten Zweigspitzen in zaghaftem Frühlingsgrün zu uns herauf.

Weil ich schwindelfrei war, stellte ich mich an den Rand des Abgrunds.

Der grüne Spalt vor meinen Augen wogte.

Ich faßte Joza um die Taille, er legte seinen Arm um meine Schultern. So standen wir da, bis alles verschwand und wir alleine zurückblieben.

Zwischen Himmel und Erde.

Das, was uns im Gleichgewicht hielt, besaß keinen Namen. Wir waren in einem kataleptischen Zustand erstarrt. Ich nahm die nächste Umgebung nicht mehr wahr.

Das Universum besaß die Gestalt eines offenen Tors.

Dann passierte es. Es dauerte eine Sekunde, vielleicht den Bruchteil einer Sekunde, das ist unwichtig. Ich, die ich weder an Götter noch an böse Geister glaubte, bemerkte die Anwesenheit eines Monsters. Es umgab uns von allen Seiten, es verschlang uns, wir waren seine Beute.

Es zu überwältigen hieß, seine Existenz zu leugnen.

Ich suchte nach magischen Beschwörungsformeln und versammelte all meine inneren Kräfte. Ich war ein Titan, bereit zu sterben, aber nicht, aufzugeben.

Mein Wille kämpfte seinen größten Kampf.

Und da waren wieder die hin und her schwingenden Zweige, ich lag mit dem Gesicht in Jozas Händen, und dem aufgeregten Klopfen seiner Adern entnahm ich, wie schrecklich ich aussehen mußte. Ich hob den Kopf. Die grüne Schlucht kam mir zu Bewußtsein, der wolkenlose Himmel und auch, daß ich meine Finger in Jozas Haut krallte.

»Dir ist schwindlig geworden, Hanulka.«

Ich kehrte wieder soweit in die Wirklichkeit zurück, um zu verstehen, was passiert war.

Ich hatte versucht, die Zeit auszulöschen.

Seit die Welt besteht, huldigt sie der Schönheit.

Es übersteigt das menschliche Vermögen, ihre Zaubermacht als schamlose Lüge anzuerkennen. Man glaubt nur ungern, daß der anziehende junge Mann ein Hohlkopf ist und die anmutige Schöne eine Bestie. Gegen die Grobheit der nackten Tatsachen lehnt sich etwas in uns auf. Wir fühlen uns von ihnen beleidigt und verschließen die Augen.

Joza weckte keinerlei romantische Vorstellungen – und doch erfüllte er sie. Für eine Illusion war er ungehörig zugänglich.

Irgend etwas stimmte da nicht.

In einer bewölkten Nacht kam ich auf die Idee, Jozas Schönheit zu ertasten. Wir schliefen jeder in die eigene Decke eingewickelt, berührten uns aber mit den freiliegenden Armen.

»Mach die Augen zu, Joza«, forderte ich ihn auf.

Er tat es, ohne zu fragen, weshalb.

Ich rutschte zu ihm hinüber und begann, mit meinen Fingern sein Gesicht zu erkunden, Zentimeter für Zentimeter fuhr ich über sein Kinn, seine Wangen, die Nase, die Stirn, den Mund. Nachdem ich ein zweites Mal so entlang gewandert war, war ich mir meines Forschungsergebnisses sicher.

»Du bist schön, Joza.«

Er erschrak.

»Ich?«

»Ja.« Ich nahm seine Hand und drückte sie gegen meine Wange. »Jetzt du.«

Er sagte nicht, daß ich verrückt sei, wie die meisten Männer es getan hätten.

Mit seinen rauhen Fingern versuchte er, mich zu streicheln wie ich ihn. Nur daß ich ihn nicht gestreichelt hatte.

Er hielt alles für einen unverständlichen Scherz.

Solange die Welt besteht, kriecht der Mensch vor der Schönheit im Staub, und es gibt keine Dummheit, die er nicht für sie begehen würde.

Ich hatte die Schönheit meines Mannes entdeckt.

23

Im Unterschied zu Žeňa öffnete Juliška mir gleich vom ersten Tag an ihr Herz. Ich erfuhr, daß sie nach dem Tod der Eltern von ihrer ältesten Schwester, selbst Mutter vieler Kinder, aufgezogen worden war.

Ich konnte es mir vorstellen. Das Sammeln der Zapfen, das Ausmähen der Feldraine, das Wäschewaschen im eiskalten Flußwasser, das Bestellen der Kartoffelfelder, das Hüten der Kleinkinder und der vier Hornziegen.

In Juliškas Darstellung war es eine Idylle.

Sie erzählte auch von ihren Mitschülerinnen: Žeňa, Madlenka aus der Schmiede, Marenas Irča.

Als Kind hatte Žeňa gestottert. Lucka befreite sie von dem Sprachfehler, und von da an folgte ihr die Tochter des Försters wie ein Schatten. Warum die griesgrämige alte Hexe ihre Zuneigung erwiderte, blieb für mich ein Rätsel.

Madlenkas Schicksal mußte ich Juliška regelrecht aus der Nase ziehen. Es war eine Anklage gegen die knauserige Mutter. Als sich ihre einzige Tochter bei einem Schlittenunfall die Beine brach, ließen sie sie vierzehn Tage lang im Bett liegen und warteten ab, daß es besser würde. Lucka erfuhr zu spät davon. Sie schlug Krawall, doch aus Madlenka war bereits ein Krüppel geworden.

Die hübsche Irča war ursprünglich die Braut von Vojta Zálešák gewesen. Doch vor der Hochzeit lieferte sich der wilde Bräutigam eine Messerstecherei mit dem Jäger Jura

Machala und kam ins Gefängnis. Irčas Mutter, Marena, drängte ihre Tochter zur Heirat mit dem reichen Gastwirt aus Šádova Hut'. Dort fand Juliška später eine Anstellung als Spülerin in der Küche, und dort begegnete ihr auch, wie sie sagte, das Glück. Sie wurde auf einen Schlag Mutter von sechs Kindern. Die Ehe hatte Lucka Vojničová arrangiert.

Pavel Juriga war weder Witwer noch war er verheiratet. Er lebte in unehelicher Verbindung mit der Frau des Rangierers vom Bahnhof zusammen. Nach sechs Kindern hatte seine Gefährtin die Nase voll und kehrte zu ihrem Mann zurück. Auch weil er sich in Šádova Hut' ein kleines Haus gebaut hatte.

Pavel liebte seinen Nachwuchs unendlich. Er wollte ihn sich nicht wegnehmen lassen. Die Mutter der Kinder teilte diese Gefühle glücklicherweise nicht. Sie war eher erleichtert, frei zu sein. Womöglich hätte ihr Rangierer sie auch nicht mit sechs Gören genommen.

In der Berggegend lebten eine Menge Frauen, die sich bereitwillig vom schönen Juriga hätten schlagen lassen. Doch der erklärte sich mit Luckas Wahl einverstanden, obwohl ihn das schüchterne, unauffällige Mädchen in keiner Weise anzog.

Innerhalb eines Jahres brachte Juliška Zwillinge zur Welt, diesmal waren es Mädchen. Pavel hörte auf zu trinken, schlug Juliška kein einziges Mal und hatte auch keinen Blick für andere Frauen übrig.

Juliškas Treue verstand sich von selbst. Kam es hier einmal zu weiblichen Seitensprüngen, hatten sie meist grausame Folgen. In der Regel wurden die Ehebrecherinnen schwer mißhandelt.

In dem Zusammenhang erstaunte mich die große Anzahl unehelicher Kinder. Bei unverheirateten Frauen – Flittchen – bedeuteten sie nichts.

Über die Kräuterfrau erzählte mir Juliška überraschende Dinge. Sie stammte aus einer Familie von Knopfmachern. Zu zwölft lebten sie in einem Raum, besaßen kein Bett, sondern streuten sich Stroh auf den Fußboden, das sie morgens in einer Ecke zusammenscharrten. Im Sommer schliefen sie direkt auf dem Boden. Als die Kinder heranwuchsen, zogen sie in alle Welt aus. Nur Lucka – die Jüngste – blieb in ihrem Heimatdorf.

Žeňas Großvater, ein ordentlicher Wirtschafter, gutaussehender Eigentümer des Sägewerks, warb um sie, die eine Schönheit war. Warum die beiden auseinandergingen, darüber gab es nur Vermutungen. Sicher war, daß er um diese Zeit eine Platzwunde am Kopf davontrug, von der er bis heute eine mehrere Zentimeter lange Narbe zurückbehalten hatte.

Juliška kam auch auf Joza zu sprechen.

Die Heirat war für ihn bei weitem keine einfache Angelegenheit gewesen. Sie war auf den Widerstand der Schmiedin gestoßen, für die er eine unersetzliche und vor allem unbezahlte Arbeitskraft war.

Der Schmied war ein Faulpelz und Säufer gewesen. Dennoch war es ihnen gutgegangen, die Frau hielt ihn kurz. Der fünfzehnjährige Joza, Lehrjunge und Aushilfskraft, erhöhte ihren Wohlstand. Je besser er das Handwerk beherrschte, desto öfter verzog sich sein Herr und Meister, unter dem Vorwand, er müsse Geschäfte erledigen, in eine Ecke von Látals Wirtschaft, in der man ihn von der Schmiede aus nicht sehen konnte.

Nach und nach erledigte Joza alles für ihn. Er beschlug die Pferde, fertigte Pflüge, Rechen, Sicheln, Hacken … Sein Geschick wurde bald auch in den Dörfern der Umgebung bekannt, das Geschäft blühte. Ganze Tage lang strömten Kunden ins Wirtshaus von Želary. Joza schuftete von morgens bis abends.

Daneben wurden in der Sägerei und in den herrschaftlichen Wäldern Arbeiter gebraucht. Das von Jozas Händen sauer verdiente Geld heimste die Schmiedin ein, das Trinkgeld verzechte der Schmied.

So verlief das Leben bis zu jenem Sommer, in dem im Monat der Kirchweih ein angejahrter Komödiant im Dorf erschien – der Schlangenmensch Tonti. Vom Kneipentresen aus hatte er einen guten Blick auf das Geschehen auf der Landstraße, und er verfügte über genügend Zeit, seine Fangnetze zu spinnen. In diesen verfing sich die Schmiedin fast mühelos. In grotesker Selbsttäuschung unterlag sie seiner vermeintlichen Leidenschaft. Der Schmied, der schon lange mehr die Flasche als seine Frau liebte und sich in doppelter Abhängigkeit befand, akzeptierte den neuen Gesellen, ohne mit der Wimper zu zucken. Die grenzenlos geizige Frau verschaffte Joza eine Arbeit im Sägewerk, unter der Bedingung, daß er abends und sonntags in der Schmiede aushalf. Dafür überließ sie ihm eine Kammer im Hof – den ehemaligen Ziegenstall – und bot ihm das Abendessen. Joza nahm die doppelte Schicht ohne Murren an.

Im Winter erkältete sich der Schmied, er bekam Fieber und starb an »Magenkrämpfen«.

Kaum zeigte die Schmiedin jedoch Anzeichen von Heiratslust, wurde es Tonti mulmig, und er machte sich aus dem Staub. Dabei nahm er das Sparbuch mit.

Als Joza mit seinen Heiratsplänen vom Krankenhaus zurückkehrte, war seine Hauswirtin sich sicher, daß sie ihm die verrückte Idee austreiben würde.

Sie hatte sich verrechnet.

Jedenfalls verbreitete sie im ganzen Dorf Gerüchte über ihn und unterhielt alle gespitzten Ohren mit saftigen Hirngespinsten. Die Leute begannen Joza zu mustern, als hätten sie ihm im Spital einen zweiten Kopf angenäht.

Lucka schaltete sich in die Sache ein. Nach einem kurzen Gespräch ließ sie die Witwe weiß wie ein Laken und gefügig wie Töpferton zurück. Sie hatten gemeinsam über die Bauchkrämpfe des Schmieds vor seinem Tod geredet.

Auf Luckas Rat hin zog Joza aus. Er schlief dann bei den Jurigas im Stall.

Die Schmiedin verpachtete den Handwerksbetrieb. In haßerfüllter Einsamkeit verzehrte sie sich in Jozas Kammer. Sie saß ständig am Grab ihrer Tochter Madlenka und weinte herzzerreißend um sie.

So war also eigentlich Lucka das letzte Glied der Kette, die mich mit dem Bergdorf verband, in dem Joza und ich uns um eine gemeinsame Achse zu drehen begonnen hatten.

Ich war zu einer überraschenden Erkenntnis gelangt. Jenseits der Welt der Sinne und ohne verwirrende Grübeleien erlebte ich hinter der Schwelle des »primären« Bewußtseins, wachgerufen durch Intuition oder Erinnerung, eine »neue« Wirklichkeit.

Durch diese Erfahrung drehte ich mich um hundertachtzig Grad.

Die Hierarchie »definitiver Werte« ging in Flammen auf, und auf der Brandstätte sprossen Grashalme hervor.

Ein Anger, über den ich barfüßig lief.

Meine innere Freiheit begann sich wie ein leerer Becher zu füllen.

Zu Juliška ging ich, wann immer ich Lust dazu verspürte, und ich bemühte mich, ihr eine Hilfe zu sein. Nicht immer mit Erfolg. Zum Beispiel kam ich nicht mit dem hölzernen Butterfaß zurecht. Juliška brachte das beschwerliche Schlagen dann selbst zum gedeihlichen Ende, und ich bekam einen Topf denkbar köstlicher Buttermilch mit Butterkrümelchen.

Bei der monotonen Arbeit, bei all den Sorgen und kleinen Kümmernissen mit den Kindern, erlebte ich Pavels Frau nie schlecht gelaunt, wütend oder unzufrieden. Ihr Tag war ein freudiges Lied, das abends mit der feierlichen Fanfare von Pavels Heimkehr ausklang.

Vielleicht gab es zu allem eine Begabung. Auch zum Glück.

24

Ich kannte Lucka als grimmige alte Hexe, als ich jedoch ihren wirklichen Zorn erlebte, raubte es mir den Atem. Sie verwandelte sich in eine Furie. Sie stieß Flüche aus, die so unverständlich schnell aufeinanderfolgten, daß sie an das Gebell eines wilden Tiers erinnerten. Ein rasendes Naturereignis war aus ihr geworden, und es lag nicht in Menschenmacht, sich ihr entgegenzustellen. Sie stürzte sich auf den jungen Kutina, er war ein Kerl wie ein Berg und hätte sie zwischen seinen Fingern zerdrücken können, doch sie schlug ihm mit der Faust zwischen die Augen und riß ihm die Lippen blutig.

Physische Kraft bedeutet nichts, physische Kraft ist lächerlich, wenn ein Dämon das Feld beherrscht, der keines Körpers bedarf.

Im Bruchteil einer Sekunde verbreitete sie eine Atmosphäre des Schreckens um sich, die einem Ort jenseits dieser Welt entsprang.

Erst die Ankunft des Priesters machte ihrer Raserei ein Ende.

Sie faßte ihn am Ellenbogen – auf einmal völlig ruhig – und führte ihn zum Krankenbett hin. Mit einem Kopfnicken trieb sie alle Anwesenden bis auf mich hinaus. Ich verzog mich in eine Ecke.

Doch zurück zu dem, was vorausgegangen war. Wir saßen im Pazdera-Wiesengrund, Žeňa, Lucka, Joza und ich. Die drei Kinder von Kutina kamen angelaufen, um zu erzählen, daß ihre Mutter im Schuppen liege, nicht aufstehe und blute. Sie hielten sich bei der Hand, um sich Mut zu machen. Der älteste der drei Knirpse war fünf Jahre alt.

Sie standen in der offenen Tür. Schweigend.

»Was ist los?« fragte Lucka.

»Mama ist gefallen«, sagte der älteste.

»Von der Leiter«, fügte das kleine Mädchen hinzu.

»Was hat sie denn gemacht?«

»Heu heruntergeworfen.«

»Heu?!«

»Mit der Heugabel.«

»Wann ist es passiert?«

»Heute morgen.«

»Heute morgen?«

»Ja.«

Ich spürte, wie sich eine brausende Welle in Lucka erhob, wie sie anschwoll.

Mein Mann wurde bleich.

Er schickte die Kinder zum Pfarrhaus hinüber.

»Vergeßt nicht zu sagen, wer euch schickt.«

Bei Kutinas Hütte begegneten wir dem Alten, der uns offenbar schon vom Fenster aus gesehen hatte und uns entgegenlief. Über seine schlaffen Wangen flossen die Tränen.

»Die junge Frau hatte eine Fehlgeburt«, stammelte er.

»Ja«, zischte Lucka. »Und wer hat sie einen halben Tag lang auf dem Boden liegen lassen, nachdem sie von der Leiter gefallen ist, weil dein wohlgeratenes Söhnchen Macek zu faul war, die Heugabel in die Hand zu nehmen und sich um das Füttern des Viehs zu kümmern?!«

»Meine Frau hat gesagt ...«

»Was hat sie gesagt, die alte Mähre, was hat sie gesagt?!

Doch nicht vielleicht, daß sie sie zweimal anschauen gegangen ist?! Oder daß sie die plärrenden Kinder von ihr weggejagt hat?! Oder vielleicht, daß sie sich die Hände gerieben hat, weil sie jetzt endlich ihren Alptraum loswird?!«

»Was reden Sie da? Ich hab die Anna gern!«

»Du schon, Hinkebein«, brüllte die Alte. »Bist du nicht mit deinem weiblichen Hemdstock fertiggeworden?! Wozu hängt denn eine Peitsche in deinem Pferdestall?!«

Sie stürmte in die Stube hinein. Die junge Frau lag – weiß wie Salz – auf dem Bett. Die Alte stellte sich der Kräuterfrau in den Weg.

»Niemand hat Sie hergerufen!«

»Nein?! Du hast mich heraufbeschworen, du Aas.«

»Hörst du, wie sie mit mir spricht, Macek?«

»Sicher, der ist ja nicht taub«, überschrie Lucka sie. »Halt's Maul, du, sonst könnten dir ein paar Zähne fehlen, wenn du in einem halben Jahr vor den Richterstuhl trittst und der Herrgott dich nach deiner Schwiegertochter Anna befragt.«

Die Kutina-Frau wurde grün im Gesicht. Es kam nie vor, daß Luckas düstere Prophezeiungen nicht eintrafen.

»Ich gehe den Doktor holen«, bot sich der Schwiegervater an, der zur Tür hereingeschlichen kam. Lucka brach in Gelächter aus, und von ihrem Lachen wurde mir übel. Ich wußte, daß es zu Ende war, genauso wie sie.

Macek versuchte, Lucka hinauszuwerfen, und es spielte sich die Szene ab, die ich bereits beschrieben habe.

Der Priester setzte sich auf den ihm zugewiesenen Platz, das heißt auf den Bettrand, und anstelle eines Gebets sagte er: »Haben Sie keine Furcht, der Friede kommt zu Ihnen.« Im Unterschied zu Lucka siezte der Pfarrer alle in Želary, selbst wenn er sie von Kindheit an kannte.

Er nahm die Hände der Frau und hielt sie in seinen. Seine Miene hellte sich auf, als wäre sie wach geworden.

»Hochwürden«, sagte die junge Frau. Man sah ihr an, daß sie sich tatsächlich nicht mehr fürchtete.

So würde ich mir wünschen zu sterben.

Als wir weggingen, fragte ich Lucka erstaunt: »Sie haben vom Richterstuhl gesprochen. Sind Sie denn gläubig?«

»Ich nicht, aber sie.«

»Nur, woher wissen Sie ...«

»Hast du nicht bemerkt, daß ihre Tage gezählt sind? Die geschwollenen Haxen, die Äugelchen, die Farbe der Haut ...«

Ich bekam rote Flecken im Gesicht und am Hals, der mir gleichzeitig eng wurde. Natürlich hatte ich es bemerkt. Aber erst jetzt.

Lucka patschte mir auf den Rücken. Es half mir, und fast hätte ich ihr die Hand geküßt.

Lucka konnte man vorbehaltlos lieben oder hassen. Vielleicht auch beides abwechselnd, aber nichts dazwischen.

Zu Hause warf ich mich Joza in die Arme. Er hörte sich mit Anteilnahme meine Klagen an und fügte ihnen nichts hinzu.

Eine schlaflose Nacht lang wurde ich das Bild der drei verstörten Kinder nicht los.

Erst gegen Morgen schlief ich ein, schreckte aber bald wieder auf, ein Gestapo-Mann hatte sich in meinen Traum geschlichen.

Das Zimmer war von einem Glanz erfüllt. So wie ich dalag, sah ich, daß sich von der Holzdecke bis zum Boden Licht an den Wänden reflektierte. Ich drehte mich auf die Seite des Fensters, um zu sehen, was draußen los war. Der Garten war schneebedeckt. Auf den Zweigen der Bäume lag weißer Staub. Ich setzte mich auf und fuhr in die Pantoffeln. Hinter mir hörte ich, wie Joza sich aufrichtete.

»Schau mal, Joza! Der erste Schnee!«

»Das ist kein Schnee.«

»Was ist es dann?«

»Der Mond.«

Das reizte mich.

»Mein Gott, Joza, wach auf!« Ich wünschte mir, daß es gekränkt klang, aber nicht wütend. »Ich erkenne doch Schnee! Ich hab doch Augen im Kopf!«

Ich lief zum Fenster. Eine feine Schicht Schnee bedeckte die Vorhänge. Ich lief in den Flur, riß die Tür auf, wollte einen Schneeball formen und ihn Joza ins Bett bringen.

Auf dieser Seite war der Garten jedoch nur ein dunkler, zerfurchter Streifen Erde. Die Sträucher und Bäume standen schwarz da. Der eisige Vollmond schwebte in gefährlicher Nähe der nadelscharfen, abwehrbereiten Berggipfel. Ich stand wie versteinert.

Hinter mir spürte ich Jozas Anwesenheit, und ich drehte den Trümmern meiner Illusion den Rücken zu. Er streckte die Hand aus. Ich legte meine kalte Faust in sie hinein.

»Du hast recht gehabt, Joza. Es ist kein Schnee.«

Ich sah, wie leid es ihm tat.

Für wie viele Illusionen würde ich zu kämpfen bereit sein, für wie viele mein Leben hingeben?

Zu schneien begann es erst Ende Oktober. Da hatte ich gerade angefangen, Joza einen Pullover für Weihnachten zu stricken.

Er nahm mein Geschenk aufgeregt entgegen.

Er selbst hatte mir Filzstiefel genäht, eine prächtige Schachtel fürs Nähzeug angefertigt und Gott weiß wo eine Tafel Schokolade aufgetrieben.

Es waren wunderschöne Weihnachtstage. Bei uns, bei Žeňa, bei den Jurigas. Bis zum Dreikönigstag trafen wir uns täglich – Lucka war selbstverständlich immer mit dabei.

Am Heiligabend stapften wir durch den hohen Alabasterschnee zur Christmette in der erleuchteten Kirche. Joza und

Pavel traten den Weg in den Schnee, Lucka befand sich am Ende des Zugs, sie ging freilich nicht in die Messe, sondern kehrte auf einen Sliwowitz ein.

Vor der Kirche verschmolzen wir mit dem Strom der anderen Dörfler in ihren bestickten Festtagspelzen. Die unverheirateten Mädchen liefen in der klirrenden Kälte ohne Kopfbedeckung, wenn man die großzügig eingeflochtenen Bänder nicht zählt, die ihre Zöpfe schmückten. Säuglinge wurden in Pelzsäcken getragen, in denen sie friedlich schliefen. Ihre physische Anwesenheit an dem heiligen Ort war unvermeidlich.

Der festliche Abend rührte selbst mein gottloses Herz. Wegen der inbrünstigen Menschlichkeit der Gebete, Lieder und gesenkten Köpfe. Kein Gott konnte diese vertrauensselige Anbetung ignorieren.

Joza kniete auf den eisigen Fliesen und berührte sie fast mit der Stirn. Ich kniete mich neben ihn und ahmte sein Verhalten nach.

Die ganze Zeit dachte ich weder an Gott noch an meine Sünden, sondern an meinen bußetuenden Mann.

Wie oft hatte er wohl zu hören bekommen, daß er seiner Mutter das Leben verdorben habe, obwohl er für sie niemals etwas anderes war als die Erfüllung ihrer Gefühle und ihr teuerster Schatz. Je mehr ihm ihre Liebe deutlich wurde, desto schmerzhafter trug er sie. Ohne seine lästige Existenz hätte sie heiraten können, was als Ziel alles weiblichen Trachtens galt.

Nun war ich der Gegenstand seiner Ängste. Er hatte mich aus einem Milieu gerissen, das mein Zuhause war, er hatte mich der Freunde und der ehrenhaften Stellung beraubt, er hatte mich dazu gebracht, in einer elenden Berghütte zu leben, wo er mir nur den Frondienst eines ungebildeten Bauernweibs anbieten konnte.

Zurück stapften wir über den bereits ausgetretenen Weg, ich mußte nicht mehr achtgeben, wo ich meine Füße hinsetzte. Ich schaute mich nach allen Seiten um. Die Bäume bogen sich und knackten unter der weihnachtlichen Schneebescherung.

Zusammen mit Waldarbeitern und freiwilligen Helfern ging ich, diese vernichtende Kraft abzuschütteln. Joza lehrte mich dabei, Spuren zu lesen. Das Leid der Waldtiere fuhr auf mich nieder wie das Leid der Menschen.

Im Garten errichteten wir Futterhäuschen. Ich füllte sie mit Sonnenblumenkernen, Brotkrümeln, hängte Talgstückchen an Haken auf. Dann saß ich am Fenster, und unsere Kostgänger waren zum Greifen nah. Mein Mann wiederholte mir geduldig ihre Namen. Goldfink, Spottdrossel – die gelbgrünen Sänger; Grauspecht, Buntspecht, Grünspecht, Kernbeißer, Baumläufer – die Klettervögel ...

Es war etwas völlig anderes, als wenn mir Lucka die Namen der Kräuter und Pilze einprägte. Sie zählte in schneller Folge zwanzig Arten auf, und wenn ich sie durcheinanderbrachte, wunderte sie sich über meine Schwerfälligkeit.

Nicht, daß ich unwillig gewesen wäre. Ihre unwirsche Strenge amüsierte mich. Bald hatte sie mich durchschaut und lachte auf mit ihrem freundlichsten Lachen.

Nach Weihnachten machte eine Nachricht in den Hügeln die Runde, die auch uns erreichte. Sie betraf die junge Šedinová. Sie war völlig unvermutet aus dem Dorf verschwunden.

Ich hatte sie auf dem Rodeacker arbeiten sehen, wo sie mir durch ihre Erscheinung aufgefallen war. Mager, auf den ersten Blick anämisch, durch Krankheit oder Unterernährung ausgezehrt.

Ich äußerte Beunruhigung und Sorge, doch Lucka winkte nur mit der Hand ab. Im Winter gehe in den Bergen nichts und niemand verloren. Alles hinterlasse Spuren. Am wahrscheinlichsten sei, schloß die alte Hexe hellsichtig, daß die junge Frau zu Verwandten gegangen sei, weil sie genug davon hatte, anstelle von Anerkennung jeden Samstag eine Tracht Prügel zu erhalten.

Die Familienverhältnisse bei den Šedinas waren allgemein bekannt. Der junge Mann, den sie den Dorfschreck nannten, ein vor Kraft strotzender Hitzkopf, war auf der Kirchweih einer alten Bekannten begegnet, brachte sie auf einen kurzen Besuch mit, und sie blieb auf Dauer.

Fráňas Vater war ebenfalls ein rechtes Prachtexemplar. Er war verwitwet und hatte kein zweites Mal geheiratet. Er bewirtschaftete ein Stückchen Land mitten im Wald, kochte, wusch und putzte für sich selbst. Diejenigen, die ab und zu mit ihm in Kontakt kamen, behaupteten, er führe einen wie aus dem Ei gepellten Haushalt.

Aus unbekannten Gründen hegte er einen Groll gegen das weibliche Geschlecht. Alle machten sich über ihn lustig, aber nur hinter vorgehaltener Hand. Mit seinem Sohn vertrug er sich nicht. Zurückgezogen in seine Einsamkeit, hockte er mit einem alten Pferd und einer Kuh auf seiner Waldlichtung.

Es sah so aus, als würde der Fall Šedinová in Vergessenheit geraten.

Ein paar Monate später kam wieder Bewegung in die Sache. Die junge Frau tauchte ebenso unerwartet auf, wie sie verschwunden war. Allerdings bei ihrem Schwiegervater.

Die Situation wurde zur Brutstätte für heftigen Klatsch und Tratsch.

Lucka und ich stießen auf das seltsame Paar, als sie das erste Gras mähten. Eine Fuhre war bereits aufgeladen. Šedina schirrte das Pferd an, hob seine Schwiegertochter auf den Kutschbock, sprang neben ihr auf und ließ den Apfelschimmel mit einem Schnalzen langsam anlaufen.

Ich sah Lucka fragend an.

»Wie wird das ausgehen, Gevatterin?«

»Es hat schon seinen Ausgang, Hanule.«

Ich schaute wohl drein wie ein verwirrtes Kalb vor einem neuen Tor.

»Das verstehe ich nicht.«

»Was gibt es da zu verstehen?« Sie fuhr mich nicht an, wie ich erwartet hatte, sie hatte ihren freundlicheren Tag.

»Aber diese andere ...?«

»Du meinst Fráňas widerliche Schlampe? Tja, Mädchen, jeder Mann hat einen anderen Geschmack. Für die junge Dirn ist es gar nicht so ungelegen gekommen. In jedem Fall zur rechten Zeit.«

»Aber ... es heißt doch, der Alte mag keine Frauen. Wie geht es ihr da bei ihm?«

»Wie der Maus in der Speckseite.«

»Aber ... weshalb ist sie erst nach fast einem halben Jahr bei ihm aufgetaucht?!« Vor Aufregung war ich laut geworden. Selbstverständlich war es Lucka, die mich aufregte.

Darauf brach die Alte in ein Gelächter aus, das mich niederschmetterte. Ich brauste auf.

»Soll das heißen, daß man erst jetzt darauf gekommen ist?«

»Sicher, Hanule.«

»Wie ist das möglich?« hakte ich nach. Geheimnisse wurden in Želary sonst gleich am nächsten Tag aufgedeckt.

»Sie mußten es ja nicht herausposaunen.«

»Aber ... wie konnten sie es so lange geheimhalten?«

»Sie haben nichts geheimgehalten«, sagte sie rätselhaft. Hatte sie mich zum Narren gehalten?

Wir gingen eine Weile schweigend weiter.

»Meinen Sie«, wagte ich zu fragen, »meinen Sie, daß die beiden zusammenleben?«

Lucka wieherte auf.

»Immerhin ist sie im fünften Monat.«

Mir knickten die Knie ein.

»Das sieht man ihr nicht an.«

»Hättest genauer hinschauen sollen. Es mußte dich doch außerdem stutzig machen, daß der Alte sie wie ein Porzellanpüppchen auf den Wagen gehoben hat. Er hat das Heu aufgeladen, und sie hat ihm nicht dabei geholfen. Saß nur auf der Erde und glotzte dem Pferd beim Grasen zu.« Es klang, als würde Lucka seufzen. »Nur ein alter Mann ist so rücksichtsvoll. Und da auch nicht jeder.«

Niemals, nicht bis zum Jüngsten Tag, würde ich Luckas wunderbare Fähigkeiten besitzen. Entweder war sie mit einem außergewöhnlichen Wahrnehmungsvermögen begabt oder – sollte ich an Zauberei glauben?

25

Irgend etwas geschah.

Azor machte mich auf die Fremden aufmerksam, die vereinzelt oder in Gruppen an unserer Hütte vorbeizogen. Er lief ihnen entgegen und schreckte sie pflichtbewußt mit seinem Gebell auf. Nachdem sie verschwunden waren, kam er zu mir, um seinen Sieg zu feiern. Er stubste mich mit wedelndem Schwanz und heiserem Gebell an.

Von seinem Temperament her war Azor Melancholiker. Wenn er wegen nasser Pfotenspuren oder einer anderen Dummheit von mir ausgeschimpft wurde, verkroch er sich in seinen Schlupfwinkel hinter dem Ofen und trauerte. Es dauerte dann lange, bis ich ihn mit Schmeicheleien hervorlocken konnte und er sich wieder mit abwartendem Blick vor mich hinstellte. Der Vorfall war vergessen, wenn ich ihn streichelte.

Sämtliche Strafen waren meine Sache. Joza ermahnte ihn nicht einmal.

Ich hatte Azors Eigenschaften noch keine große Aufmerksamkeit gewidmet, bis ich ihm das heiße Bügeleisen auf die Pfote fallen ließ. Er heulte vor Schmerz auf, verzog sich aber nicht hinter den Ofen. Er sprang an mir hoch und bettelte um Vergebung. Die außergewöhnliche Bestrafung hielt er für gerechtfertigt und seiner zwar unklaren, aber sicher schrecklichen Untat angemessen.

Mir ging ein Licht auf.

Ich setzte mir den Hund auf den Schoß, nannte ihn alter Köter und Schlitzohr – das mochte er am liebsten – und streichelte sein spärliches, angegrautes Fell. Zum Beweis der Wiederaufnahme unserer freundschaftlichen Beziehungen erlaubte ich ihm, mir das Gesicht abzulecken.

Er führte es sorgfältig aus. Zitternd vor Glück gab er kleine quietschende Laute von sich. In einer Aufwallung von Liebe versprach ich ihm, noch ehe ich mir das Gesicht abwusch, daß er nie wieder – jedenfalls nicht durch mein Zutun – Opfer menschlicher Unachtsamkeit oder Kleinlichkeit werden sollte. Nie wieder wollte ich seine Gefühle verletzen.

Ich dachte an Joza.

Ich würde auf die Traurigkeiten meines Mannes achten müssen.

Wie erwähnt, schimpfte Joza Azor niemals aus.

Wenn es dem Hund zu langweilig wurde, spielten sie manchmal Tauziehen. Der Köter drückte meinem Mann ein angesabbertes Stück Stoff in die Hand und forderte ihn durch leises Bellen auf mitzumachen. Er steigerte sich dann so in den Zweikampf hinein, daß er bedrohlich knurrte. Joza hätte ihn an dem alten Fetzen leicht bis zur Decke hochziehen können, doch in diesem Turnier »verlor« er. Azor war außer Rand und Band. Wenn es nach ihm gegangen wäre, hätten sie weitergezerrt, bis er vor Erschöpfung umgefallen wäre. Es fehlte auch so wenig dazu.

Manchmal rangelten sie auf dem Fußboden. Zur Auffrischung des Programms simulierte Joza ein Stöhnen. Augenblicklich hielt der erschrockene Azor in seiner Kampfhandlung inne, setzte sich und stürzte gleich darauf auf den »Verletzten« zu. Joza drückte ihn zu Boden, sprang mit ihm in den Armen auf, warf ihn in die Luft und fing ihn wieder auf.

Da war Azor bereits am Ende seiner Kräfte. Er legte sich hin und schlief ein paar Stunden.

Ich darf nicht vergessen, wie er »Vater« wurde. Er kam von einem abendlichen Spaziergang zurück, und hinter ihm kugelte ein sandfarbenes Kätzchen her. Die beiden setzten sich mir gegenüber – ich flickte gerade Jozas Arbeitshosen – und warteten ab, was ich sagen würde.

Ich sagte nichts.

Als ich das Kätzchen einer Untersuchung unterzog, stellte ich fest, daß es ein kleiner Krüppel war. Ein verkümmerter kleiner Schwanz, deformierte Pfötchen. Daß es überlebt hatte, war eines jener Wunder, mit denen uns die Natur überrascht. Azor widmete sich der Mißgeburt mit Leib und Seele. Zu ihren Vergnügungen gehörte es, daß er sich auf den Rücken legte und das Kätzchen auf seinem Bauch herumspazierte. Daß es mit uns im Bett schlief, versteht sich von selbst. Im Unterschied zum Hund hatte es einen verfeinerten Sinn für Hygiene, dafür kratzte es uns die Strohmatratze auf.

26

Der Krieg näherte sich der Grenze. Ständig wurden neue Nachrichten durch die Gegend getragen. Und weil die Leute immer glauben, was sie glauben wollen, wuchs die Berauschtheit an: Die deutsche Frau weiß nicht, daß sie eine Frau ist. Die tschechische Frau ist froh, daß sie eine Frau ist.

Zunächst war eine Gruppe von Männern der tschechoslowakischen Brigade am Dorf vorbeigekommen. Sie streiften es nur.

Sie erzählten von der Überquerung der Karpaten, von den Minenfeldern am Dukla-Paß. Sie sehnten sich nur nach einem: schlafen. Die Order lautete vorwärts, also liefen sie weiter.

Die Frauen brachten ihnen auf ihrem Marsch Essenspäckchen und Feldflaschen vorbei. Sie umarmten sie, küßten sie. Hörten sich ihre undeutlichen Warnungen an, die in der allgemeinen Verzückung untergingen. Nicht eine Sekunde gestanden sie sich ein, daß das, was sich näherte, der Krieg war.

Der Hund war seiner Kette entschlüpft und bellte seine Freude, seine Freiheit, sein Recht zu leben hinaus. Er ahnte nichts von dem Strick, der ihm schon bereitet war und der sich ihm früher oder später um den Hals legen würde.

Brüder in der Sprache, den Traditionen und Symbolen.

Der Feind – zu etwas Abstraktem geworden – würde zuletzt mahlen.

So war es richtig. Das Land mußte sich erholen.

Vielleicht würde es einige Jahre dauern, bis es wieder unter neuer Gewalt erbebte (der Friede wird immer für die Ewigkeit geschlossen), mit vollendeten neuen Mitteln, an denen die menschliche Intelligenz fieberhaft arbeitete.

Die Menschheit streckte sich wie ein Tiefseefisch aus und steuerte hoch hinauf, um in der Sekunde des eigenen Verderbens den Himmel zu erblicken.

Das kleine Nest Želary, eine Ansiedlung von Säufern, Krawallbrüdern und Schmugglern, wurde von Rührung ergriffen, denn es wurde gewahr, daß durch seine Wälder und Felsenklüfte die Geschichte schritt. Die große Historie, die vor allem dort groß war, wo es nach Leichen stank.

Endlich die Russen! Alle waren sie Russen, auch die Schlitzäugigen. Schmutzig, ausgezehrt – sie waren die Unseren.

Man entzündete große Feuer, unter freiem Himmel wurden Essensvorräte zusammengetragen, Flaschen geöffnet. Die Männer brachten einander unbekannte Tänze bei.

Ich schloß mich dem rauschenden Freudenfest nicht an, ich brachte es nicht fertig.

Der Eisklumpen in meinem Innern wich nicht von seiner Stelle.

Ich sah aus einiger Entfernung zu, Joza stand neben mir.

Der Refrain eines russischen Lieds prägte sich mir ein, das um zwei Uhr nachts durch die Berge hallte. Die Soldaten sangen es, das Grammophon lärmte dazu.

»*Wsjo na swjetje tryn-tra-wá!* – Alles schnuppe auf der Welt!«

Bald wurde die erschreckende Bedeutung dieser Worte offenbar. Der Funke schlug am Rand des Dorfes hinter dem Forsthaus empor. Dort wurde Alenka Chovancová vergewaltigt. Ihre vier Brüder, allesamt angetrunken, massakrierten den bewaffneten Gewalttäter. Am rasendsten dabei verhielt sich der jüngste von ihnen – ein Elfjähriger.

Vergewaltigt in ihrer Hütte ohne einen einzigen Mann wurde Žeňa Pazderová. Die halb wahnsinnige Jiřinka rannte in fliegender Hast um die Feuer am Dorfplatz, fiel zu Boden und warf sich in einem Krampf hin und her. Ein betrunkener Soldat hob sie hoch, und als er sie wegtragen wollte, stellte sich ihm der Priester in den Weg. Ein Schuß traf ihn ins Herz.

Im Pfarrhaus kämpfte mit dem Messer in der Hand seine Haushälterin Zuzanka Popelová. Wäre Azor nicht gewesen, hätte auch ich zu den Gewaltopfern gehören können. Er weckte uns mit seinem wütenden Gebell. Joza stellte sich mit einem Beil in der Hand in die Tür. Vor ihm verschwand ein Schatten in der Dunkelheit.

Ein außergewöhnliches Erlebnis war für Lucka vorgesehen.

Der Soldat, der gegen Morgen in ihrer Stube erschien, sah den Kopf eines friedlich schlafenden Mädchens unter dem Bettzeug hervorgucken. Er warf die Decke auf, und ehe er wußte, wie ihm geschah, hatte er eine blutige Nase. Die Kränkung machte ihn fuchsteufelswild. Es war das erste Mal, daß Lucka in einem Kampf unterlag, und eine Beule nach der anderen bildete sich auf ihrem Leib.

Da kam dem Eindringling das lange, graue, offene Haar zu Bewußtsein. Augenblicklich wurde er nüchtern, fiel der Alten zu Füßen, umklammerte sie so, daß sie sich nicht rühren konnte, küßte sie und überschwemmte sie mit Tränen.

»*Mamascha!* Mütterchen!«

Er hob sie hoch und wiegte sie in seinen Armen, bat um Vergebung, schluchzte vor Verzweiflung, war nicht zu beruhigen.

»Hör schon auf, Dummkopf«, sagte die Alte zu ihm, als sie genug hatte.

»Ich Sascha!« antwortete er und hörte nicht auf zu wimmern.

Der Frieden wurde mit einer Flasche Sliwowitz begangen. Am Morgen fanden die Jurigas sie in tiefem Schlaf. Lucka lag auf Saschas Brust wie auf einem Kissen. Ehe sie aufwachte und für ihn eintreten konnte, hatten sie ihn erschossen.

Der Tag brach an, und in Želary brodelte es. Mit der Brüderschaft war es vorbei. Mit den Trinkgelagen auch. Der Zorn schweißte das Dorf zu einer Einheit zusammen. Von den Deckenbalken wurden die Gewehre heruntergeholt. Äxte und Messer wurden geschliffen.

Die Soldaten hatten nicht mit Widerstand gerechnet. Kein Dorf hatte sich bisher gewehrt. An die zwanzig von ihnen wurden direkt an den verlöschenden Feuern zusammengeschossen, wo sie sich sorglos niedergelegt und ein wenig gedöst hatten und wo unablässig die Flaschen die Runde machten. Schuldig, unschuldig, *wsjo rawnó* – ganz egal. Bevor sie zu sich kommen konnten, lagen sie in ihrem Blut.

Der Angriff erfolgte so schnell und unerwartet, daß die Bergler einige Maschinenpistolen erbeuteten.

Die Frauen mit kleinen Kindern schnürten Bündel zusammen und flüchteten in die Felsen. Aus den Ställen trieb man das Vieh hinaus.

Der Krieg hatte sich in das entschlossene Dorf verbissen und verschlang es gierig. Die ersten Gebäude brannten. Nachrichten vom Kampf wälzten sich wie schwarzer Rauch durch das Tal.

Von Šádova Hut' her arbeitete sich eine Gruppe von Frauen die Gebirgspfade hinauf. Marenas Irča und ihre Fräulein. Sie trugen Ranzen mit Bettlaken und Decken auf dem Rücken. Es sollte sich zeigen, wie weitblickend das war.

Doktor Beníček kam mit seinem Auto durch den fast unpassierbaren Talgrund gefahren und führte die gesamte Praxis mit sich.

Bis sich die Soldaten organisiert hatten, war Želary menschenleer.

Deutsche!, lautete der russische Kriegsruf. Deutsche!, lautete die Rechtfertigung.

Sie begannen, den Wald zu durchkämmen. Sie wurden von den Kugeln der Schützen erwischt, die sich zwischen den Zweigen verborgen hatten. In Želary wilderte jeder, die Männer konnten zielen.

Die Holzhütten wurden vom Feuer hinweggefegt, eine nach der anderen.

Der ungleiche Kampf dauerte einige Tage. Die Soldaten fürchteten das Berggelände nicht. Sie kannten die Tücken der Hochwälder. Allerdings nicht so gut wie die Leute von hier, und vereinzelte Grüppchen gerieten in Hinterhalte. Doch der anfängliche Vorteil dauerte nicht an. Die Kampftechnik siegte.

Das Dorf lag in Asche, von der Kirche blieben abgebrannte Mauern zurück.

Ich arbeitete mit dem Doktor und Lucka in einem provisorischen Lazarett, das von Ort zu Ort wanderte. Irčas Laken dienten als Tragen. Wir zogen zur alten Mühle um, der von Morast umgebenen Ruine – die Landschaft meiner abendlichen Vision. Der Sumpf ließ sich auf einem kaum sichtbaren kleinen Pfad überqueren, über den uns Vratislav Lipka führte, der einzige, der ihn kannte. Wir fanden so einen idealen Zufluchtsort.

In der alten Mühle suchten ein paar hilflose Greisinnen und Greise, zwölf Kinder und fünf stillende Mütter Schutz. Schließlich wir, die Frauen vom Lazarett.

Doktor Beníček blieb nicht bei uns. Er beteiligte sich am Kampf. An seiner Seite die eiskalte Žeňa.

Erwähnenswert ist, wie Lipka seine Schwester Helenka hierher brachte. Er mußte sie festbinden. Das Kind wollte schießen, und den ganzen Weg lang, den er es trug, schimpfte es. Es war auffallend, daß sich keines der Schimpfwörter wiederholte. Nicht einmal bei Lucka hatte ich eine solche Auswahl festgestellt.

Die Frauen von Želary kämpften mit der Waffe in der Hand, es fielen auch zwei örtliche Dirnen, die kurzzeitige Geliebte meines Mannes, Běta Látalová, und die Schaffnerin aus Šádova Hut', Rozárka Jakubíková.

Der Doktor hatte angeordnet, daß auch verletzte Russen zu uns gebracht wurden. Die Männer hatten nichts dagegen gesagt, gehorchten aber nicht. Sie erschlugen die Verletzten im Wald mit Spitzäxten. Nur einmal brachten sie uns einen Soldaten zur Ansicht, einen jungen Kerl, der an beiden Armen vom Handgelenk bis zur Elle einen Satz Armbanduhren trug. Als sie ihn auf dem Boden ablegten, atmete er schon nicht mehr.

Die einzige Frau, die zusammenbrach, war Juliška Jurigová. Sie wollte sich nicht vom sterbenden Pavel wegbewegen, küßte seine Hände, rief ihn bei seinem Namen, beschwor ihn, am Leben zu bleiben.

Zum Glück wurde sie ohnmächtig, als sie begriff, wessen Blut da über sie floß, und sie wurde in Irčas Bettlaken weggetragen.

Eine neue Welle von Militär rückte heran und mit ihnen ein Offizier – ein Slowake.

Sie brachten ihn zu uns ins Lazarett und erklärten ihm die Situation.

»Ich verstehe nicht …«, er sprach nicht zu Ende. Seine Stimme versagte. Er begann jedoch sogleich zu handeln. Mit blutbefleckter und nur in aller Eile versorgter Brust, begleitet von mir und noch einer anderen Frau vom Roten Kreuz, die ich nicht kannte, suchte er den Kommandanten der sowjetischen Einheit auf.

Mit ihm zusammen kehrte er ins Lazarett zurück.

»Wo sind die Deutschen«, schrie der Russe, »keine Deutschen da!«

Nach einem kurzen, scharfen Wortwechsel wurden die Offiziere zusammengerufen und Waffenruhe verkündet. Die Maschinengewehre stellten ihren Wettstreit ein.

Stille legte sich über die Landschaft wie das Laken auf einen Leichnam.

Die Gefangenen der alten Mühle traten in die Freiheit hinaus.

Ich sah, mit welcher Liebe die Männer in den fremden Uniformen die Säuglinge wiegten, deren Väter sie umgebracht hatten, wie sie mit Summen auf ihr zahnloses Lächeln antworteten und sich in die Backen pieksen ließen. Symbolisch war die Tat eines der ranghohen Militärs. Der Offizier hakte eine seiner Auszeichnungen auf und steckte sie einem Wickelkind an.

Dann kam es zu dem, was passieren mußte, was ich erwartet hatte.

Sie brachten Joza. Als er endlich zugab, daß er verwundet war – war es zu spät.

Ich setzte mich zu ihm und legte seinen Kopf auf meinen Schoß.

Er sah mich an und versuchte, mir etwas zu sagen. Ich wußte genau, was.

In der Zeitlosigkeit unserer letzten Begegnung kam mir die Einzigartigkeit unserer Verbindung zu Bewußtsein. Mir wurde ebenfalls deutlich, daß ich hier in den Bergen, in dieser Landschaft der Wunder, mein persönliches Wunder erlebt hatte.

Ich blieb bei meinem Mann, solange sein Herz schlug.

Dann ging ich meinen Pflichten nach. Erst eine Stunde später wurde mir schwarz vor Augen.

Am Morgen lag Azor tot neben Joza.

Sie brachten uns in ihren Militärfahrzeugen nach Šádova Hut'.

Želary war von der Landkarte getilgt.

Wsjo na swjetje tryn-tra-wá.

27

Ich hielt es für selbstverständlich, ins Krankenhaus zurückzukehren. Sie empfingen mich dort mit Verlegenheit, weil ich ihnen zu verstehen gab, daß mich die Rolle der Kriegsheldin anwiderte.

Als ich an einer Wand des Behandlungszimmers Slávek Amateuraufnahme einer Sommerlandschaft mit hohem Himmel erblickte, wurde ich ohnmächtig.

Mit fadenscheiniger Rücksichtnahme schickten sie mich zunächst in die Nervenabteilung, dann in die Psychiatrie.

Später las ich mir meine Akten durch und erfuhr daraus, daß ich meine Kollegen als Halbgelehrte bezeichnete und ihnen ein Dorfmädchen als Vorbild hinstellte, das sie nie im Leben gesehen hatten.

Weiter, daß ich sie beschuldigte, einen Mann geringzuschätzen, den sie ebenfalls nicht kannten, daß ich ihnen Selbstgefälligkeit und Mißachtung der Menschlichkeit vorwarf – ohne zu erklären, was ich damit meinte – und manche daran erinnerte, daß sie im Examen gerade so durchgekommen seien.

Es dauerte drei Wochen, bis ich mich wieder faßte. Aber es hing noch in der Schwebe, weil ich nach der Entlassung aus der Klinik dagegen aufbegehrte, daß Slávek eine Gedenktafel an einer Krankenhauswand bekam. Ich sagte, er hätte sich das nicht gewünscht.

Schließlich kam ich dann doch zur Besinnung. Ich kehrte zu meinem Beruf zurück und traf Richard wieder.

Er sprach mit seiner tiefen, besänftigenden Stimme mit mir.

Von seiner längeren Rede habe ich nur Ausschnitte zurückbehalten.

»Du mußt da wieder rauskommen ... Mußt alles vergessen ... Ich weiß, wie schwer es für dich war.«

Von dieser ganzen Tirade waren zwei kleine Wörtchen am komischsten: schnell und schwer. Ich machte mir nicht die Mühe, ihm zu erklären, daß ich nichts vergessen wollte.

»Ich verstehe dich, Eliška.«

Eliška?

»Ich verstehe dich wirklich, und ich werde dein Freund bleiben.«

Er verstand nichts, und mein Freund konnte er nicht bleiben, weil er der nie gewesen war.

Auf sein höfliches Drängen hin nahm ich die Einladung an, seine Frau kennenzulernen. Das überraschte ihn. Er hatte eine Ablehnung erwartet.

Es handelte sich freilich um eine andere Frau, eine junge und hübsche. Die alte mitsamt seinen Söhnen hatte er in Amerika abgelegt.

Er erzählte mir, wie es war in der Welt, und sprach mit Zurückhaltung. Ich hörte heraus, daß es dort keine besseren Ärzte gab, daß sie nur unvergleichlich bessere Bedingungen hatten.

Als es mir peinlich wurde, daß nur wir zwei uns unterhielten, versuchte ich mein erbärmliches Englisch zur Geltung zu bringen. Er begriff und begann zu übersetzen. Seine Frau machte ein interessiertes Gesicht.

Einen Schlag anderer Art erfuhr ich, als mir Sláveks Liebe Zorka die goldene Uhr übergab, Präsident Benešs Geschenk zu meiner Promotion sub auspiciis. Slávek hatte gehalten, was er versprochen hatte.

Zorka erzählte mir nicht, was während meiner Abwesenheit hier geschehen war, und ich fragte nicht danach. Wir bewahrten unsere Erinnerungen unangetastet.

Ich behielt meine langen Haare und Žeňas Frisur, obwohl es unbequem und aufwendig war. Sie nannten mich eiskalte Schönheit. Es war offensichtlich, daß Richards Ehe in die Brüche ging. Die junge Amerikanerin, von der Tschechoslowakei schockiert wie ich einst von Želary, packte ihre Koffer.

Von meiner Seite fehlte nur wenig – Richard lud mich ins Grandhotel ein –, und ich wäre Richards dritte Frau geworden. Ich hätte einen aufmerksamen, gebildeten und vielleicht jetzt auch treuen Ehemann gehabt. Wir kannten uns gut, und ich wußte, daß ich bei ihm Halt und Verständnis gefunden hätte.

Für eines hätte er jedoch kein Verständnis gehabt.

Wenn er begriffen hätte – und er hätte es bald begriffen –, daß ich in seiner Umarmung Joza nachweinte.

Ich marschierte wie ein Soldat, dem die Trommeln den Takt vorgeben. Meine Seele hatte mich verlassen. Sie irrte über die Berghänge und wachte über sinnlose Gräber.

Jostein Gaarder im dtv

»Geboren zu werden bedeutet, daß wir die ganze Welt geschenkt bekommen.«
Jostein Gaarder

Sofies Welt
Roman über die Geschichte der Philosophie

ISBN 978-3-423-**12555**-0

Ein Abenteuerroman des Denkens und eine Geschichte der Philosophie von den Anfängen bis zur Gegenwart. Der Roman, mit dem Gaarder Weltruhm erlangte.

Durch einen Spiegel, in einem dunklen Wort

ISBN 978-3-423-**12917**-6

Cecilie ist sehr krank. Plötzlich sitzt Engel Ariel auf der Fensterbank.

Maya oder Das Wunder des Lebens
Roman

ISBN 978-3-423-**13002**-8

Über die Evolution, die Grenzen der Wissenschaft und über die Kraft der Fantasie.

Der seltene Vogel
Erzählungen

ISBN 978-3-423-**12876**-6

Das Kartengeheimnis

ISBN 978-3-423-**12500**-0

Die Geschichte einer Reise nach Griechenland, auf eine magische Insel und in die Philosophie.

Das Leben ist kurz
Vita brevis

ISBN 978-3-423-**12711**-0

Eine unmögliche Liebe: zwischen Floria und dem berühmten Kirchenvater Augustinus.

Der Geschichtenverkäufer
Roman

ISBN 978-3-423-**13250**-3 und
ISBN 978-3-423-**21417**-9

»Jostein Gaarder hat mit diesem Roman ein Meisterwerk geschaffen.« (Tagesspiegel)

Das Orangenmädchen
Roman

ISBN 978-3-423-**13396**-8 und
ISBN 978-3-423-**25287**-4
(dtv großdruck)

»Einer der schönsten Abschiedsbriefe, die Sie sich vorstellen können.« (Brigitte)

Die Frau mit dem roten Tuch
Roman

ISBN 978-3-423-**14058**-4

Über die Liebe und schicksalhafte Fährnisse – klug und bewegend.

Alle Titel übersetzt von Gabriele Haefs.

dtv

»Ein großartiges Buch!
Ich konnte nicht mehr aufhören zu lesen.«
Maarten 't Hart

Dorinde van Oort

Frau im Schatten

Eine Familiengeschichte

ISBN 978-3-423-**21221**-2
ISBN 978-3-423-**25340**-6 (dtv großdruck)
ISBN 978-3-423-**40270**-5 (eBook)

Annetje Beets stirbt beinahe hundertjährig. Ihr Leben hat sie in Familien verbracht, die größer, berühmter, mächtiger waren als sie. Ein scheinbar stilles Leben. Doch während des Begräbnisses kommen bei ihrer Enkelin erste Fragen auf: Was hat es mit »dieser Geschichte« auf sich, von der ständig gesprochen wird? Im Nachlass stößt sie auf spektakuläre Familiendokumente und beginnt mit Nachforschungen. An deren Ende kommt die Erzählerin zu erschütternden Schlussfolgerungen. Die Frau, die sie nur als »Oma Annetje« gekannt hat, war sowohl Opfer als auch Täterin in einer Familiengeschichte, die sich wie ein Kriminalroman liest.

Bitte besuchen Sie uns im Internet: www.dtv.de